Un jeu bien trop dangereux

HEIDI RICE

Un jeu bien trop dangereux

Azur

HARLEQUIN

Collection : Azur

Titre original :
CLAIMING MY UNTOUCHED MISTRESS

HARPERCOLLINS FRANCE
83-85, boulevard Vincent-Auriol, 75646 PARIS CEDEX 13
Service Lectrices — Tél. : 01 45 82 47 47

www.harlequin.fr

ISBN 978-2-2804-1401-2 — ISSN 0993-4448

1.

Bienvenue à l'Inferno

L'enseigne brillait au-dessus du casino de Dante Allegri, et je dus lutter contre la vague de panique qui m'envahissait.

Dans la nuit chaude de Monaco, le scintillement des lumières donnait à la façade du XVIIIe siècle un éclat féerique, ce qui renforça mon sentiment d'imposture. Je portais une robe de designer ainsi que des talons aiguilles inconfortables, achetés d'occasion sur Internet, et l'acte que j'allais commettre pouvait tout aussi bien sauver ma famille que causer sa perte.

Pourvu que Dante Allegri soit absent de son casino ! J'avais vu des photos de lui et lu des tas d'articles le concernant, durant le mois où je m'étais préparée à cette soirée. C'était un joueur redoutable, connu dans le monde entier pour sa cruauté, et j'étais terrorisée à l'idée de le croiser. Alors qu'il avait grandi dans les taudis de Naples, il avait réussi à créer, en Europe et aux États-Unis, un empire de casinos estimé à un milliard de dollars. S'il me fallait jouer contre lui et qu'il décryptait la martingale que j'avais mise au point, il se montrerait impitoyable.

La brise venue de la marina fit frémir sur ma nuque quelques mèches échappées du savant chignon que ma sœur avait mis des heures à élaborer. Je frissonnai, en dépit de la chaude nuit d'été. J'avais peur, mais je devais avancer.

Relevant le bas de ma robe, je montai les marches de marbre qui menaient à l'entrée principale, le dos bien droit et la tête haute. Dans le sac qui pendait à mon poignet et qui me semblait peser une tonne, se trouvait un chèque d'un million de dollars signé par un usurier connu de mon beau-frère.

« Mademoiselle Trouvé, vous avez parfaitement le droit de jeter cet argent par les fenêtres, si ça vous fait plaisir, mais je viendrai le récupérer demain, quoi qu'il arrive. »

Les mots de Brutus Severin, l'homme de main de Carsoni, résonnèrent dans ma tête, me faisant frissonner. Je tâchai aussitôt de me reprendre : c'était notre dernière chance de mettre fin aux menaces et aux intimidations, de conserver notre demeure familiale et aussi notre dignité. Tout ce que Jason, le mari de ma sœur Jude, nous avait volé un an plus tôt, en perdant une fortune à la roulette chez Allegri.

Ce soir, je ne pouvais pas échouer.

À l'entrée, je présentai au vigile ma carte d'identité en priant pour que le faussaire de Carsoni ait réussi le travail pour lequel nous l'avions payé. Le garde l'examina et me la rendit. Fort heureusement, il ne pouvait entendre les battements affolés de mon cœur.

Et si ma martingale ne fonctionnait pas ? Je n'étais pas certaine de l'avoir suffisamment testée et je n'avais pas pu le faire avec un joueur du calibre d'Allegri. S'il réussissait à la contrecarrer ? J'étais un prodige des mathématiques, pas une joueuse de poker, Dieu merci !

Cette nuit, la partie était à un million d'euros, et ce million-là, je ne pouvais pas le perdre. Si Allegri était présent, s'il décidait de jouer – comme ça lui arrivait de temps à autre selon mes informations – et s'il me battait, non seulement nous perdrions définitivement Belle Rivière, mais je devrais à Carsoni un million d'euros de plus, que je ne pourrais jamais lui rembourser. La vente de la propriété, déjà lourdement hypothéquée et dépouillée de ses biens de valeur, couvrirait à peine ce qui restait de la dette de Jason et les intérêts monstrueux que nous payions à Carsoni, depuis la nuit où mon beau-frère avait disparu.

Pourvu qu'Allegri ne soit pas là ce soir !

Le vigile fit signe à un homme de haute taille, très élégant, qui vint nous rejoindre.

— Bienvenue à l'Inferno, mademoiselle Spencer, me dit-il. Je suis Joseph Donnelly, le directeur du casino. Vous figurez sur la liste de nos joueuses de poker de ce soir.

Il me contempla d'un air surpris, visiblement peu habitué à voir une femme aussi jeune participer au tournoi très fermé qui se déroulait chaque semaine. J'acquiesçai en tentant de me mettre dans la peau d'une héritière aristocratique – ce que je n'étais pas, même si ma mère était la petite-fille d'un comte français.

— On dit que la table de l'Inferno est l'une des plus prestigieuses. J'espère y faire la connaissance d'Allegri.

J'avais menti avec tout l'aplomb d'une fille riche et gâtée. Si ma mère m'avait appris quelque chose avant de mourir, c'était bien que plus on se sent déstabilisé, plus on doit montrer d'assurance. « Ce qui compte, ce sont les apparences, ma chérie. Adopte le comportement de tes adversaires, c'est le meilleur moyen de les battre. »

Le directeur du casino me sourit aimablement. J'espérais apprendre par sa bouche que Dante était à Nice en ce moment même. D'après la presse people, il avait prévu d'y dîner avec sa maîtresse, un top model qu'il fréquentait depuis plusieurs semaines.

— Oui, Dante est ici ce soir, et je suis certain qu'il adorera relever le défi.

L'horreur. Non. Non ! Non !

Je me forçai à sourire, exactement comme je l'avais fait à l'enterrement de ma mère, pour recevoir les condoléances des journalistes qui l'avaient harcelée toute sa vie, alors que j'avais le cœur dévasté. Les jambes tremblant d'appréhension, je suivis Donnelly jusqu'au guichet du caissier pour y déposer la somme que j'avais empruntée à un taux d'intérêt vertigineux. Une somme qu'il n'était pas question de perdre. Dans mon esprit, les hypothèses défilaient à toute allure. Pouvais-je encore faire machine arrière ? Trouver une dérobade ? Faire semblant d'être malade ? En fait, cela n'aurait pas été un mensonge, car l'angoisse me vrillait l'estomac.

Allegri était l'un des meilleurs joueurs au monde. Non seulement je risquais de perdre ma mise, mais s'il décryptait ma martingale, il me ferait bannir de tous les casinos, et je n'aurais plus la moindre chance de récupérer l'argent perdu par Jason.

Lorsque mon esprit terrorisé eut passé en revue ces éventualités, je compris qu'il me fallait faire face. Avant que j'aie réussi à maîtriser la panique viscérale qui m'avait saisie, une voix très basse retentit dans mon dos.

— Joe, Matteo m'a prévenu que tous les joueurs étaient arrivés.

Je me retournai et fis face à l'homme qui ne quittait plus mes pensées depuis que je cherchais le moyen de sortir notre famille de l'ornière. Il était encore plus grand, charismatique et beau en réalité que sur les blogs et les magazines people que j'avais consultés.

Il avait seulement trente ans, mais il respirait le pouvoir, l'assurance – et une terrifiante arrogance. Son visage était ciselé, son corps, incroyablement viril, dans un smoking impeccable. Cet homme était conscient de ses capacités, et prêt à en user avec cruauté.

Ses yeux d'un bleu étincelant s'attardèrent sur mon visage, et il cilla, durant une fraction de seconde. Mais ce semblant d'humanité s'évanouit aussitôt, et son regard intense descendit lentement le long de mon corps. Je me figeais, avec l'impression que ma robe si provocante devenait transparente. Le satin fragile s'était transformé en une gangue de fer, un instrument médiéval de torture.

Toute l'année, Carsoni et ses hommes avaient, par leurs regards lubriques, provoqué un réel malaise chez moi. Au contraire, Dante Allegri avait des yeux captivants, terriblement troublants. Ma peau frémissait sous leur caresse. L'intérêt qu'il manifestait à mon égard était à la fois agréable et déstabilisant, délicieux et douloureux.

J'étais choquée par mes propres réactions, incapable de les contrôler. Je sentais trembler mes cuisses, mes seins se tendre sous le satin trop ajusté et je dus fournir un réel effort pour maîtriser ma respiration.

— C'est vrai, répondit à son patron Joseph Donnelly. Voici Edie Spencer, ajouta-t-il, m'arrachant à la transe dans laquelle j'étais plongée. Elle vient d'arriver et elle aimerait jouer avec toi ce soir.

Son ton amusé ajouta encore à ma panique. Comme si, non contente de m'être jetée dans la gueule du loup, je l'excitais encore par ma folle prétention. Allegri, de son côté, n'avait pas l'air particulièrement impressionné, mais me dévisagea néanmoins avec attention.

— Quel âge avez-vous exactement, mademoiselle Spencer ? La loi vous autorise-t-elle à fréquenter ce lieu ?

Son anglais était parfait, avec un léger accent américain de la côte ouest et une trace de son Italie natale.

Je pris un air vexé et condescendant : cela faisait bien longtemps que je ne me sentais plus une enfant, et encore plus longtemps qu'on ne m'avait pas traitée comme telle.

— Bien sûr. J'ai vingt et un ans, déclarai-je en le défiant du regard, ce qui n'était sans doute pas très malin.

Toutefois, la façon dont il me regardait et le mélange perturbant de sensations qu'il provoquait en moi me rendaient plus effrontée que je n'aurais dû l'être. Il continua à me dévisager, comme s'il cherchait à lire au fond de mon âme, et je soutins son regard. Il me fixait avec une telle intensité que je n'entendais plus le bruit en provenance du premier étage, où les plus grosses fortunes d'Europe tentaient leur chance à la roulette ou au blackjack. Le tumulte était couvert par celui de mon cœur qui battait à se rompre.

— Depuis quand pratiquez-vous le Texas hold'em, mademoiselle Spencer ? s'enquit-il enfin.

C'est la variété de poker favorite des professionnels. On doit y composer la meilleure main possible en utilisant ses deux cartes personnelles et les cinq cartes communes à tous les joueurs, découvertes au milieu de la table. Ce jeu demande de l'habileté dans le calcul des probabilités et dans la prise de risque, et laisse le moins de place au hasard. C'est là qu'intervenait ma martingale, car j'avais découvert une formule mathématique qui me permettait d'évaluer les chances des autres joueurs. Mais si on s'apercevait de mes calculs, je risquais de gros ennuis, un peu comme les joueurs qu'on prend à compter les cartes au blackjack. Quand un joueur est surpris à utiliser ce genre de procédé, il est banni à vie du casino et perd ses gains – même s'il n'a pas triché à proprement parler. Je ne pouvais pas prendre ce risque.

— Suffisamment longtemps, répondis-je avec une assurance que j'étais loin d'éprouver.

Il y avait au moins un point sur lequel ma mère avait eu raison : de nos jours, seules comptent les apparences. Si je voulais gagner, je ne devais pas montrer la moindre faiblesse. En fait, si je réussissais à faire croire à Allegri que j'avais trop confiance en moi, cela tournerait à mon avantage, un double bluff suprême, parce que alors il me sous-estimerait.

Son superbe visage restait impénétrable, mais à l'éclat de ses prunelles et à une légère tension dans sa mâchoire, je compris que ma réponse évasive avait atteint son but. Hélas, il conservait le pouvoir de me troubler tout entière.

Que m'arrivait-il ? Jamais aucun homme n'avait produit sur moi un tel effet.

— C'est ce que nous verrons, répondit-il avant de se tourner vers le directeur du casino. Accompagne Mlle Spencer au salon, Joe, et présente-la aux millionnaires qui jouent ce soir.

Il consulta sa montre, de nouveau très homme d'affaires et, pourtant, des ondes continuaient à émaner de lui, si agressives et si brûlantes que je sentis mes jambes faiblir.

— Il faut que je parle à Renfrew, mais je vous rejoindrai dans une demi-heure, ajouta-t-il, et nous pourrons commencer.

— Tu vas jouer à cette table ce soir ? s'étonna Donnelly, visiblement surpris.

— Oui, répondit Allegri d'une voix grave qui accéléra les battements de mon cœur. Je relève toujours un défi, surtout s'il m'est lancé par une jolie femme.

Je mis un moment à comprendre que cette jolie femme, c'était moi, sans doute parce que le regard qu'il me lança avant de s'éloigner n'était pas spécialement flatteur. Tout en suivant Joe vers l'ascenseur, je gardai les yeux rivés sur le dos d'Allegri, ses épaules menaçantes et son smoking magnifiquement coupé. Il fendait la foule avec une telle détermination que j'en fus terrifiée.

Ce soir, il me fallait gagner, l'avenir de ma famille en dépendait. Mais une chaleur incompréhensible continuait à sourdre au plus profond de mon corps, et cette brève rencontre avait suffi à mettre mes sens en émoi. J'eus soudain l'intuition atroce que tout était déjà perdu.

2.

Edie Spencer était une énigme que je n'arrivais pas à résoudre et qui me rendait fou.

Nous jouions depuis trois heures, et je ne parvenais toujours pas à percer sa martingale. J'avais même du mal à interpréter ses réactions – ces petits signes physiques que laisse échapper le joueur et qui permettent de prévoir son prochain coup. Et la raison en était aussi simple que surprenante : au lieu de me concentrer sur le jeu, j'étais concentré sur elle.

Jusque-là, ses gains étaient restés modestes mais réguliers, contrairement aux autres joueurs de la table qui avaient connu les hauts et les bas liés à tout jeu de hasard. Je m'étais arrangé pour tous les éliminer sauf un, si bien que nous n'étions plus que trois. Mon ami Alexi Galanti, le propriétaire de l'écurie de Formule 1 assis à côté d'elle, venait d'entamer son dernier million, tandis que devant Edie Spencer se dressait une pile de jetons bien alignés, presque aussi haute que la mienne.

Elle devait utiliser une martingale plus ingénieuse encore que la mienne, et j'avais terriblement envie de la découvrir, mais plus envie encore de lui arracher la robe suggestive qui la moulait. La dentelle qui voilait son décolleté mettait parfaitement en valeur la chair tendre et féminine qu'elle était censée dissimuler.

— Relance de deux cent, dit Alexi en avançant deux jetons de cent mille, après la grosse blind.

Je ravalai ma frustration en observant les doigts fins

d'Edie qui ramassait ses cartes pour les étudier. J'aurais voulu qu'Alexi s'en aille pour jouer seul contre Mlle Spencer, mais c'était un bon joueur, et il fallait que je me concentre sur le jeu. Je réussis à maîtriser la bouffée d'anticipation et de désir qui m'avait envahi à l'idée d'avoir enfin Edie Spencer à moi seul. Mélanger sexe et poker n'avait jamais relevé d'une bonne stratégie, mais ce n'était pas uniquement sa beauté qui me rendait fou depuis des heures.

Quand je l'avais questionnée sur son âge, en bas, j'avais perçu une étincelle qui m'avait terriblement troublé. Pour la première fois depuis longtemps, je me trouvais confronté au défi de jouer une partie excitante avec une femme excitante. Mais depuis je n'avais plus été capable de faire renaître cette étincelle. Sa peau pâle n'avait plus rougi, ses mains restaient tranquillement posées sur ses genoux quand elle ne tenait pas ses cartes, et elle respirait paisiblement. Son regard vert éclatant qui m'avait tant séduit lors de notre rencontre n'avait plus croisé le mien. Cette absence de contact était terriblement frustrante.

Tout cela ne me plaisait pas. Jamais je n'avais laissé le désir physique me distraire du jeu, et je ne comprenais pas ce qui me fascinait tant chez cette fille. D'abord, elle n'avait que vingt et un ans, et elle faisait encore plus jeune. En la voyant, je lui en avais donné dix-neuf ou vingt ; sa robe provocante, le maquillage appuyé de ses grands yeux émeraude, sa silhouette mince et son allure un peu sauvage lui donnaient l'air d'une enfant déguisée. Les jeunes filles n'étaient pas ma tasse de thé. J'avais toujours préféré les femmes plus âgées que moi et plus expérimentées, capable de satisfaire mes appétits au lit et de bavarder agréablement ensuite. Elles ne s'investissaient pas trop dans notre relation et, quand j'y mettais fin en leur offrant une babiole, elles savaient s'en contenter sans réaction outrancière.

Jusque-là, jamais je n'avais cherché à séduire une femme qui ne m'envoyait pas des signaux très clairs de son intérêt. En fait, quand une très jeune femme faisait monter haut les enchères, c'est qu'elle avait envie de tester avec moi à la fois ses qualités de joueuse et ses talents au lit. Jusque-là, je n'avais jamais eu aucun mal à résister à la tentation. Mais pas cette fois-ci.

Évidemment, la réserve de Mlle Spencer pouvait n'être qu'une comédie destinée à me séduire. Dans ce cas, sa tactique était originale mais efficace. Qu'est-ce qui m'attirait donc, chez elle ? L'étincelle fugitive de défi que j'avais lue dans son regard ? Ou le mystère qui émanait de sa personne ?

Je l'observai tandis qu'elle étudiait son jeu, sans pouvoir détacher d'elle mon regard. Cette gamine n'avait rien de plus que les autres héritières que je croisais depuis que j'avais monté cette affaire. Des enfants gâtées, souvent pendues au bras d'hommes d'affaires milliardaires, d'aristocrates européens ou de cheikhs arabes, qui n'avaient jamais travaillé de leur vie et n'avaient aucune volonté. Elles venaient jouer pour mettre un peu de piment dans le vide de leur existence sans comprendre que ceux pour qui l'argent n'a pas de valeur ne peuvent éprouver réellement le plaisir de gagner ou la peur de perdre.

Quoi qu'il en soit, cette fille avait un effet inédit sur moi. Je ne cessais de l'observer, captivé. Son teint rayonnait de l'éclat de la jeunesse et le V plongeant de sa robe dévoilait sa poitrine pleine et ferme, d'une blancheur d'albâtre, sous le voile de dentelle. Ses tétons se dressaient sous le satin, mais c'était la seule réaction qu'elle semblait incapable de contrôler. J'aurais pu y trouver un semblant de satisfaction… Pourtant j'en étais empêché par le désir irrésistible que je ressentais de faire glisser son corsage pour exposer ces pointes dardées et les agacer de ma langue.

— Je me couche, dit-elle en passant toutes ses cartes à Alexi qui distribuait.

En la voyant une fois de plus couper court à mes manœuvres visant à la forcer à se découvrir, je faillis laisser échapper un juron digne d'un débutant. Comme si elle sentait ma frustration, son regard croisa fugitivement le mien, et j'eus le temps d'y décerner l'étincelle qui m'avait ébloui, un peu plus tôt. Sa poitrine se souleva et s'abaissa rapidement, avant qu'elle retrouve son calme. Sous le satin, les pointes de ses seins saillirent davantage encore.

Le désir m'envahit de plus belle, tandis que quelques pièces du puzzle se mettaient en place : son calme n'était qu'apparent. Sans doute restait-elle une énigme pour moi, mais il était clair que l'attirance que je ressentais était réciproque et qu'elle tenait à la cacher. Or cela me donnait l'avantage, parce que je saurais exploiter cette faille.

À toi de jouer, bella.

3.

Il savait.

J'avais commis une terrible erreur, je le compris dès que mon regard croisa celui d'Allegri, une seconde de trop. Toute la soirée, j'avais évité ses yeux bleus pénétrants qui me bouleversaient et faisaient durcir les bouts de mes seins. S'il remarquait mon émoi, il me tiendrait à sa merci. Mais plus j'essayais de contrôler mes réactions, plus j'avais de mal à les cacher et à me concentrer sur le jeu. J'aurais dû miser sur cette main, mais la sienne avait une chance d'être meilleure, compte tenu de son attitude durant les blinds. Pourtant, si je ne le testais jamais, si je ne perdais pas, il soupçonnerait que j'avais une martingale. Le problème étant que durant toute la soirée j'avais évité de l'affronter directement, de peur de raviver le désir qui m'assaillait.

Je détournai le regard, mais trop tard : il avait déjà sûrement lu sur mon visage la force du désir qui me taraudait. J'accusai le coup et me forçai à respirer doucement. Mes tétons devinrent si durs que je les sentis saillir sous mon corsage. La manche s'acheva par la victoire d'Allegri. L'amateur de Formule 1 s'inclina de bonne grâce en découvrant ses deux as, tandis qu'Allegri alignait sa main gagnante, ajoutant un 2 à la paire qui se trouvait déjà à découvert sur la table.

— Un de ces jours, la chance finira bien par t'abandonner, Dante, s'exclama-t-il.

— Même pas dans tes rêves, Alexi, répondit Allegri en empilant les jetons qu'il venait de gagner.

Tout en terminant son verre de whisky, Galanti se tourna vers moi.

— Mlle Spencer doit mieux te cerner que moi, dit-il sur un ton galant en se levant pour quitter la table. Vous vous êtes révélée une adversaire aussi avisée que charmante.

— Merci, monsieur Galanti.

En lui serrant la main, je me demandai pourquoi cet homme ne produisait sur moi aucun effet, alors que j'avais tant de mal à maîtriser mes réactions vis-à-vis d'Allegri.

— Peut-être pourrions-nous prendre un verre ensuite ? Je vais tenter ma chance à la roulette, si bien que je serai dans les parages quand vous finirez par battre ce saligaud.

Cette marque d'intérêt me surprit car, devant les hommes, j'essaie toujours de me rendre invisible. Jude et moi avons appris à échapper à l'attention des mâles, sans doute en raison de la longue succession des amants de notre mère durant notre adolescence.

Je sus instantanément que je déclinerais l'invitation de Galanti mais, au moment où j'ouvrais la bouche pour le faire, Allegri intervint :

— Pas question, Alexi, Mlle Spencer est intouchable, elle m'appartient désormais.

Galanti se mit à rire sans paraître se rendre compte de la tension subtile que trahissait la voix d'Allegri. Mais moi, je l'avais décelée, tout comme son indéniable possessivité.

« Elle m'appartient désormais. » Qu'est-ce que cela signifiait, au juste ?

Il me dévisageait comme il l'avait fait toute la soirée, mais au lieu de la frustration que j'avais d'abord décelée sur son visage, c'est la victoire qui y transparaissait à présent. Et la provocation : il me défiait de réagir à cette remarque déplacée. Sans me quitter des yeux, il continua à battre les cartes de ses doigts habiles.

La porte se referma sur Galanti, tandis que dans la salle de jeu illuminée, la tension atteignait son paroxysme. La haute fenêtre ouvrait sur la baie, et les bateaux ancrés dans la marina étincelaient sur la mer sombre. Cette pièce très masculine, luxueusement décorée de cuir et d'acajou avec des touches de vert et de brun, me parut soudain dangereuse… Mais excitante, aussi.

Allegri avait congédié le personnel de service une heure plus tôt. Sur le moment, j'avais trouvé son attitude généreuse – il était plus de minuit. Mais une fois seule avec lui, je me demandai s'il n'avait pas une idée en tête. À la panique qui montait en moi vint s'ajouter une pointe de colère due à son attitude de propriétaire. Durant l'année précédente, Carsoni et ses hommes de main n'avaient cessé de me persécuter et de me rabaisser. Ça ne m'avait pas plu.

— Je préférerais que vous ne décidiez pas à ma place, monsieur Allegri, lançai-je d'une voix aussi calme que possible, compte tenu de l'indignation qui bouillait en moi.

— Qu'aviez-vous décidé ? s'enquit-il en coupant d'une main.

— D'accepter de prendre un verre avec M. Galanti.

— Comme vous étiez déjà résolue à l'éliminer, j'ai du mal à me reprocher d'avoir pris la décision à votre place.

De nouveau, il coupa les cartes en m'adressant un sourire sensuel, et mon cœur se mit à battre la chamade. Sa remarque m'atteignit, augmentant ma colère.

— Je n'ai absolument pas résolu de l'éliminer, comme vous dites.

— Bien sûr que si, répliqua-t-il sur un ton très assuré en esquissant un sourire, comme si ce mensonge l'amusait.

Le bleu de ses yeux s'assombrit, et je sentis une bouffée de chaleur se répandre de mon cou à ma poitrine.

— Ce n'est pas votre genre d'homme, *bella*.

Mon visage déjà brûlant s'empourpra davantage encore.

— Contrairement à moi, ajouta-t-il.

4.

Le désir que je cherchais en vain à maîtriser depuis des heures me submergea, quand je découvris dans l'œil d'Edie Spencer l'étincelle qui m'avait déjà fasciné un peu plus tôt.

Ravi de te revoir, bella.

Comme son visage pâle s'empourprait, j'éprouvai une intense satisfaction, mêlée d'un sentiment de puissance et de passion. Cette lueur de défi, chez elle, transformait ses prunelles en deux émeraudes étincelantes. Vraiment, elle était exquise. Provocante, téméraire, et diablement intelligente car je n'étais toujours pas venu à bout de sa martingale. Une adversaire de talent, très différente des enfants gâtés que je fréquentais habituellement. J'allais bien m'amuser à gagner cette partie, avant de goûter l'alchimie sexuelle que nous partagions. Si elle était aussi téméraire au lit qu'à la table de jeu, la nuit serait délectable.

— Quelle arrogance, monsieur Allegri ! lança-t-elle après avoir repris son souffle. Concentrez-vous sur votre jeu plutôt que de spéculer sur la prétendue attirance que j'éprouverais pour vous.

— Je sais courir plusieurs lièvres à la fois, répondis-je en reposant le paquet sur la table, moins intéressé soudain par le poker que par ce qui se jouait entre nous. J'ai observé vos réactions, ce qui me permet d'affirmer que je vous plais davantage qu'Alexi.

— Quelles réactions ? Je n'ai aucune réaction à votre égard, quoi qu'il en coûte à votre ego.

Je préférai ne pas discuter et baisser les yeux sur ses

seins qui pointaient sous le satin, imaginant qu'elle avait désespérément envie de sentir mes lèvres s'y poser. Chez certaines femmes, c'est un endroit extrêmement sensible, et je me demandai si ce n'était pas son cas, vu la façon dont son décolleté s'empourprait dès que mon regard s'y attardait.

— Si nous testions cette hypothèse en prenant un moment de détente ? Ça fait trois heures qu'on joue. J'ai faim.

J'avais parlé d'un ton suggestif et j'eus plaisir à la voir rougir de nouveau, malgré les efforts qu'elle déployait pour ne rien laisser paraître de son trouble.

De toute évidence, elle hésitait. Si elle avait fait quelques recherches à mon sujet, elle devait savoir qu'il m'arrivait de jouer vingt-quatre heures de suite sans manger. Mais là, j'étais distrait, alors pourquoi ne pas en profiter ? Après tout, cet adorable éclair de colère et de désir dans ses yeux était plus excitant encore que notre partie de poker. Jusqu'où irait sa témérité ? Allait-elle jouer la sécurité et décliner mon offre ? Continuer à nier l'alchimie qui nous emportait tous les deux ? Ou se risquerait-elle à s'exposer à la tentation en cherchant à prendre la main dans ce petit jeu de séduction ?

Elle se tourna vers moi, les yeux étincelants de défi.

— J'ai faim et j'aurai besoin de toute mon énergie pour vous battre.

— Touché, *bella,* répondis-je en riant, enchanté par son audace.

J'envoyai un texto à Joe pour qu'il nous fasse monter un repas. Sans doute y avait-il quelque chose de pervers à préférer coucher avec elle que la battre – je m'étais fait une règle de ne jamais toucher à une adversaire, si tentante soit-elle. Mais maintenant mon but était simple : jouer du désir qui nous rapprochait pour qu'elle me confie ses secrets. Il me serait alors facile de gagner, et nous pourrions tous deux en tirer profit.

5.

Avais-je complètement perdu l'esprit ?

Pourquoi avais-je accepté d'interrompre la partie pour dîner avec Dante Allegri ? C'était aussi stupide qu'imprudent et, surtout, dangereux.

En fait, je ne pris la mesure de la situation qu'une fois assise en face de lui dans le salon attenant, devant une table chargée de cristaux, de porcelaine et d'argenterie ancienne. À la lueur des bougies, son beau visage semblait diabolique et sauvage, et je frémissais tout entière.

Des serveurs avaient disposé des plats sur une console avant de disparaître, à mon grand regret.

— Qu'est-ce qui vous tente, mademoiselle Spencer ? s'enquit Allegri en prenant mon assiette pour me servir.

Ce ton rauque, légèrement amusé… Sa voix me faisait l'effet d'une caresse. Il fallait que je me ressaisisse. Je ne l'intéressais pas vraiment, mais il usait de son *sex-appeal* pour affaiblir mes défenses. Bien que lucide à ce sujet j'étais dominée par mes sens.

Je n'aurais jamais dû le défier, mais il était trop tard pour revenir en arrière. Oppressée, je me demandais comment reprendre la main. Je n'avais aucune expérience des hommes, en particulier des hommes riches, puissants et sexuellement attirants qui débordaient d'assurance et de charisme. À côté de lui, je me sentais si vulnérable…

Les mets sentaient délicieusement bon, mais je n'avais aucune envie de manger. Parmi le large assortiment proposé, je désignai quelques plats, fascinée par les grandes mains de mon hôte. Il déposa sur une assiette de porcelaine à filet doré un peu de poisson à la vapeur délicatement épicé, des légumes *al dente,* un gratin appétissant et des salades colorées.

Il avait ôté sa veste de smoking et retroussé les manches de sa chemise, dont le blanc éclatant faisait ressortir le hâle de sa peau. Ses muscles saillaient sous le tissu, tandis qu'il me servait. Une fois nos assiettes garnies, il sortit une bouteille du seau à glace. Un Mouton Rothschild blanc du début du siècle.

— Ce vin blanc accompagne très bien la raie au beurre noir, dit-il en remplissant nos verres.

Je n'aurais pas dû boire, mais j'étais si nerveuse que j'avais la gorge sèche. Je bus une gorgée et savourai son goût fruité. Je savais que ce vin valait plusieurs milliers d'euros car, après la mort de ma mère, nous avions dû vendre sa cave aux enchères pour payer ses dettes.

— *Buon appetito.*

Je portai à ma bouche un peu de poisson et de gratin de pommes de terre, mais j'eus du mal à l'apprécier, sous le regard ardent d'Allegri. Tout en dévorant son repas, il évaluait mes faiblesses.

— D'où venez-vous, mademoiselle Spencer ? s'enquit-il après un long silence.

Je bus une nouvelle gorgée, cherchant une réponse convaincante. Je ne m'étais pas préparée à cette question.

— Vous êtes française ? ajouta-t-il. Vous parlez pourtant anglais sans le moindre accent.

— J'ai la double nationalité française et britannique, expliquai-je d'une voix mal assurée.

Mieux valait rester aussi près que possible de la vérité, pour éviter d'être prise en flagrant délit de mensonge, mais je ne devais lui donner aucune information qui lui permette de me retrouver quand j'aurais gagné ce soir… Ou plutôt si je gagnais. En proie à une bouffée de panique, j'avalai une autre gorgée de vin pour calmer mes nerfs.

— Je passe la plus grande partie de l'année à Knightsbridge

– un des quartiers les plus chic de Londres. Mais en ce moment, on y suffoque.

Je jouai la citadine cosmopolite et blasée, une riche héritière qui cherchait à s'amuser.

— Alors, repris-je, de mai à septembre, je vis chez mes parents qui ont une propriété en France, à Lamorlaye. La population de Chantilly est tellement plus raffinée que celle de Paris ! Notre château est doté d'une piscine, d'un court de tennis et d'une salle de cinéma, si bien que je peux me maintenir en forme et me distraire quand je ne séjourne pas à Monaco, à Cannes ou à Biarritz.

— Vous ne travaillez pas ?

Il ne paraissait pas impressionné, plutôt suspicieux. Je glissai les mains sous la table et les posai sur mes genoux pour dissimuler les cals de mes paumes. Je ne tenais pas à ce qu'il sache que je faisais des ménages la nuit, en plus d'occuper un emploi de comptable depuis la mort de ma mère, survenue quatre ans plus tôt.

— Travailler, c'est très surfait, vous ne trouvez pas ? J'ai horreur de me sentir ligotée. Je suis un esprit libre, monsieur Allegri. J'aime mieux tenter ma chance à la roulette ou au poker que m'ennuyer chaque jour de 9 heures à 17 heures…

Les mensonges tombaient de ma bouche aussi dru que les confettis lors d'un grand mariage.

Il fronça les sourcils. Avais-je surjoué mon rôle d'héritière écervelée ? Il avait bien dû se rendre compte à ma façon de gagner que je n'étais pas une idiote. Ses lèvres sensuelles se retroussèrent en un sourire cynique et, durant un quart de seconde, son visage exprima une émotion qui me noua l'estomac. La déception.

Quand il se remit à parler, sur un ton condescendant, je me dis que j'avais dû me tromper. Comme tous les hommes riches que j'avais eu l'occasion de rencontrer, il devait préférer les femmes jolies et stupides – ce que ma mère s'était toujours efforcée de paraître, quand elle cherchait à attirer un nouveau « protecteur ».

— Pourtant, à en juger par la façon dont vous pratiquez le poker, vous n'avez pas perdu votre temps, déclara-t-il sur un ton excessivement élogieux.

Je pris mon verre et le levai dans sa direction d'une main tremblante.

— Touchée, soufflai-je en reprenant le terme qu'il avait lui-même employé un peu plus tôt.

Il leva son verre à son tour avant de le vider d'un trait. Mais lorsque son regard s'alluma d'un désir si cru que tout mon corps en frémit, je compris que j'avais perdu à ses yeux quelque chose de primordial – sa conviction que j'étais une adversaire de valeur et une femme intelligente. Maintenant, il ne me considérait plus comme son égale mais comme un objet désirable et méprisable à la fois. Il me regardait comme les « protecteurs » de ma mère l'avaient toujours regardée.

Qu'importe ce qu'il pensait de moi ! Je n'étais pas venue pour l'impressionner, mais pour gagner, à n'importe quel prix. D'ailleurs, qui était-il pour me juger ? Un homme qui avait fait fortune en exploitant l'addiction d'imbéciles comme mon beau-frère, assez faible pour trahir ceux qui les aimaient.

Je balayai de mon esprit le mépris que j'éprouvais pour moi-même et pour l'incontournable comédie que je devais lui jouer. Dante Allegri était aussi responsable que Jason de la ruine de ma famille. Plus, peut-être, car Jason s'était révélé vulnérable et soumis, contrairement à Allegri. Ce dernier considérait certainement que tout lui était dû. Jamais il n'aurait réussi dans le domaine du jeu, s'il avait éprouvé la moindre compassion ou empathie.

Malheureusement, j'avais beau trouver son comportement abject, je frissonnai lorsqu'il se leva pour me tendre la main.

— Venez, murmura-t-il. J'ai quelque chose à vous montrer.

Il me dominait de toute sa hauteur, un mètre quatre-vingt-cinq au moins, et se tenait si près de moi que je devinais la puissance et la vigueur de son corps sous sa chemise et son pantalon ajustés. Tout indiquait chez lui qu'il était résolu à gagner.

Le défi que je tentais de relever – battre Allegri à son propre jeu dans son propre casino – me semblait énorme. Mais au lieu de fuir je puisai force et volonté dans la colère que je ressentais au souvenir de tout ce que ma famille avait souffert par la faute de cet homme. Désormais, quoi qu'il advienne, je ferais tout ce qui serait en mon pouvoir pour le battre.

Prenant la main qu'il me tendait, je lui adressai un sourire que j'espérais confiant.

— Quoi donc ? Je suis intriguée, déclarai-je d'une voix plus ferme.

Il me prit par le bras pour m'attirer à lui, si près que je sentis le frais parfum de cèdre de son savon sur sa peau. Mon agressivité se changea soudain en une émotion plus volatile, plus dangereuse. Il m'entraîna vers la haute fenêtre qui dominait la baie et se posta derrière moi.

— Ceci, dit-il en désignant la nuit noire au-delà de mon épaule.

Alors que la tiédeur de son corps contre ma peau nue me montait à la tête, une lueur rouge à l'horizon attira mon attention.

Je poussai un cri, subjuguée par l'étonnante beauté de ce spectacle de la nature. Le rouge passait à l'orange avec mille subtiles nuances

— C'est beau, murmurai-je.

Jamais je n'avais observé d'aurore boréale et j'ignorais qu'on pouvait en voir à Monaco et pas uniquement autour du cercle polaire. Mon cœur se mit à battre plus vite. Comment avait-il pu deviner que ce phénomène allait se produire à cet instant même ? On aurait dit qu'il l'avait provoqué uniquement pour m'impressionner. Je luttai pour chasser ces pensées aussi stupides que romanesques. Il posa alors la main sur ma hanche, et le contact de sa paume fit naître en moi une onde de feu. J'aurais dû m'écarter, mais je me laissai glisser contre lui, j'en avais trop envie. Son souffle contre mon oreille, son odeur enivrante, la tension de son corps derrière le mien balayèrent le peu de retenue que je gardais encore.

Nous restâmes ainsi de longues minutes, contemplant le spectacle. Sa présence éveillait en moi une foule de sentiments contradictoires que j'avais de plus en plus de mal à m'expliquer. Pourquoi m'excitait-il à ce point ? Comment pouvais-je avoir envie de me coller à lui, alors que je savais à quel point il était dangereux ?

Quand les lueurs commencèrent à s'effacer, je fis un mouvement pour me tourner vers lui. Sur son visage encore éclairé par l'aurore boréale, je lus une passion si farouche et destructrice que j'en fus d'abord terrifiée, puis enchantée. Il leva la main pour me caresser la joue avant d'effleurer lentement mon cou de son pouce pour l'arrêter sur le pouls qui battait rapidement. Un geste de désir.

— Ne me regardez pas comme ça, Edie, murmura-t-il en utilisant pour la première fois mon prénom, le seul élément authentique de l'identité que je lui avais fournie. À moins que vous ne souhaitiez partager mon lit après la partie.

Cette mise en garde sonnait comme une promesse, et je n'avais aucune envie de me dérober.

Je levai mes paumes tremblantes vers ses joues ombrées de barbe naissante. Il serra les mâchoires et tenta d'y échapper, mais je refusai de le libérer. Pour une fois, j'allais suivre mon instinct, quelles qu'en soient les conséquences.

Il jura entre ses dents avant de me prendre dans ses bras.

Mon corps explosa de joie – de façon aussi inappropriée que délicieuse – quand je compris que je triomphais de son flegme glacial. Il posa ses lèvres sur les miennes dans un baiser passionné et exigeant. Alors, tous mes sens en éveil, je sentis les pointes de mes seins se raidir presque douloureusement contre son torse d'acier. Lorsqu'il agrippa mes fesses pour me plaquer contre lui, mes cuisses se mirent à trembler et, en percevant contre mon ventre la vigueur de son érection, je pris conscience de toute la force de son désir. Choquée par la fermeté et la taille de son sexe, je n'en étais pas moins follement excitée.

Il avait tout autant envie de moi que moi de lui. Je l'avais réellement séduit. Nous étions à égalité.

Sa langue se lia à la mienne dans un mouvement puissant, comme s'il cherchait à me dévorer. Je suivais la cadence pour assouvir la faim qui me consumait. Je ne parvenais plus à contrôler les sensations qui m'habitaient. Que se passait-il ? Cet homme détruisait toute volonté, en moi. Je capitulais, sans même chercher à résister… Je m'agrippai à ses cheveux et tirai sa tête en arrière. Il poussa alors un grognement et me lâcha si brusquement que je trébuchai.

Mon instinct de survie se manifesta enfin – avec quelques minutes de retard – et je m'écartai, redoutant de me laisser de nouveau aller au désir qui m'avait déstabilisée.

Il ne fit pas un geste vers moi et demeura immobile, haletant, tout comme moi d'ailleurs. Il jura en italien, un murmure guttural que je ne compris pas, avant de se diriger vers la fenêtre. L'horizon s'était assombri, et le ballet de couleurs irisées avait disparu.

Il se passa la main dans les cheveux avant de l'enfouir dans sa poche et de se retourner vers moi d'un mouvement brusque. Plus rien à voir avec l'homme parfaitement contrôlé qui m'avait fait face à la table de poker ou durant le dîner. Il paraissait sauvage, ou à peine civilisé, un tigre rôdant dans sa cage.

Je portai mes doigts tremblants à mes lèvres, en proie à une douleur à la fois dévastatrice et revigorante. Ce nouvel aspect de sa personnalité aurait dû m'effrayer, mais tandis qu'il revenait vers moi et que je luttais pour reprendre le contrôle de mes sens, je me sentis liée à lui. Ce baiser l'avait-il autant perturbé que moi ?

— Excusez-moi, grommela-t-il. Je me suis senti un peu dépassé par les événements.

Ces excuses formulées sur un ton bourru me semblèrent sincères et m'apportèrent une réponse dont je ne sus que faire. Dante Allegri, le don Juan sans foi ni loi, était bien plus facile à haïr que l'homme qui me faisait face, aussi troublé que moi par le baiser que nous avions échangé.

— Si… Si nous retournions au jeu ? proposai-je, surprise d'être capable de parler de manière cohérente.

Il leva un sourcil étonné avant d'acquiescer. Alors qu'il me précédait dans la salle de poker, il prit garde de ne pas me toucher.

Quelques minutes après, il distribuait les cartes, son sang-froid retrouvé.

J'examinai mon jeu, mais sans pouvoir procéder au moindre calcul de probabilités. Mon esprit et tous mes sens vacillaient, mon cœur battait la chamade. Dante finit par gagner la partie.

Durant la main suivante, j'essayai de me calmer, mais je ne parvins pas à me concentrer pour réfléchir. Mon cœur et mon corps restaient perturbés par les émotions et les désirs insatisfaits nés d'un simple baiser. Un baiser que j'avais encouragé ou plutôt que j'avais provoqué.

J'en aurais pleuré et, la panique aidant, je perdis une nouvelle partie. Un désir importun restait tapi en moi, souvenir de ses lèvres sur les miennes, de ses mains sur mes fesses, de sa langue explorant ma bouche. Je demeurais distraite sans rien pouvoir y faire…

Bien avant la dernière main, je sus que j'avais perdu. J'étais la seule à blâmer : quand j'avais cédé au baiser de Dante Allegri, et joui des sensations que j'éprouvais, quand je m'étais leurrée en croyant qu'il était aussi déstabilisé que moi, j'étais devenue exactement la personne que je m'étais juré de ne jamais être… Une femme aussi faible, dépendante et naïve que ma mère.

6.

— Deux 5…

Je jetai toutes mes cartes sur la table à côté de la paire de huit d'Edie Spencer. Malheureusement pour elle, les cartes communes incluaient un autre 5.

— Vous avez perdu, *bella,* lui dis-je, heureux d'en avoir fini avec cette partie.

Il m'avait fallu une force de caractère immense et toute mon expérience pour garder l'esprit concentré durant cette dernière heure. Depuis ce fichu baiser. C'était un miracle que j'aie réussi à gagner. Lorsqu'elle avait échappé à mon étreinte, j'avais même envisagé d'abandonner la partie pour remettre la main sur elle.

Rester assis sur cette chaise en luttant pour garder l'esprit clair avait été une véritable torture. Chaque fois qu'elle se mordait la lèvre ou que les pointes de ses seins se dressaient sous la dentelle de sa robe, le désir m'assaillait. Nous étions liés par une phénoménale alchimie, une connexion sexuelle aussi intense qu'inédite. Nous allions vraiment bien nous amuser à explorer ces extraordinaires potentialités. Mais je n'étais pas prêt à abandonner la partie pour si peu, et d'autant moins que je savais pourquoi elle avait pris l'initiative de ce baiser.

Sa petite ruse avait échoué parce qu'elle avait eu encore plus de mal que moi à garder les idées claires. Si elle avait usé d'une martingale – ce dont je doutais depuis qu'elle s'était présentée comme une gamine gâtée et capricieuse qui dépensait au casino l'argent de papa –, son stratagème s'était révélé inefficace.

Quoi qu'il en soit, j'étais ravi à la perspective de la nuit qui s'annonçait.

Elle ne disait plus rien, et j'avais du mal à savoir comment elle encaissait sa défaite, car elle gardait la tête baissée. Mais je remarquai qu'elle tremblait de tout son corps.

L'impatience et l'irritation se mêlèrent à mon désir. Même si je ne comprenais toujours pas pourquoi cette femme me faisait tant d'effet, il fallait que je pousse cet incroyable baiser jusqu'à sa conclusion logique. Mais si elle se mettait à pleurer ou tentait de m'amadouer parce que je l'avais battue, elle perdrait son temps. Jamais je n'avais payé pour une faveur sexuelle.

Évidemment, j'avais parfois entretenu mes petites amies par le passé et je me montrais généreux avec mes maîtresses. Je leur versais une pension pour qu'elles puissent me consacrer tout leur temps, et elles obtenaient de moi tout ce qu'elles désiraient. J'avais un train de vie coûteux et elles devaient s'adapter à mon emploi du temps, ce qui exigeait une compensation. Je leur offrais toujours également un joli cadeau d'adieu quand notre relation arrivait à son terme. J'étais riche, je considérais ces femmes comme des amies et je ne voulais pas passer pour un radin. Pourtant, pas question de me laisser manipuler par une gamine gâtée qui avait misé l'argent de papa… et perdu.

Edie restait assise, comme éplorée. J'aurais voulu qu'elle se reprenne, et pas seulement parce que si elle piquait une crise au sujet du million qu'elle avait perdu, je pourrais dire adieu à mon projet pour le reste de la nuit.

— *Bella,* ne vous en faites pas trop, je vais vous prêter un autre million et vous prendrez votre revanche.

C'était ce que je pouvais lui proposer de mieux sans passer pour un crétin. Et puis, avant que nous soyons tous deux perturbés par ce baiser, j'avais adoré le défi qu'elle m'avait lancé. Notre attirance réciproque ajoutait au plaisir du jeu une touche d'érotisme très excitante. Des préliminaires de haut niveau, en quelque sorte. J'avais envie de rejouer avec elle pour découvrir si son succès en début de partie n'était dû qu'à ce bon vieux hasard. Mais au lieu d'accepter mon offre, elle refusa d'un signe, toujours sans me regarder. J'en ressentis une terrible frustration, mêlée à une curieuse empathie à son égard.

— Regardez-moi, *bella,* lui dis-je en lui prenant doucement le menton afin de lui faire relever la tête.

Ce que je lus dans son regard d'émeraude me causa un choc qui m'alla droit au cœur. Ses yeux étaient secs, et non pas baignés de larmes d'apitoiement, comme je m'y attendais. Elle semblait épuisée et dévastée, et le soupçon de sympathie que j'avais éprouvé à son égard se transforma en un élan irrésistible.

— *Bella,* que se passe-t-il ? lui demandai-je non sans inquiétude.

Pourquoi semblait-elle si mal en point ? Et pourquoi m'en souciais-je ?

— R… Rien, balbutia-t-elle en se levant. Il faut que je parte.

Elle me contourna, droite comme un I, le visage d'une pâleur mortelle, le corps tremblant. Elle frémit quand je lui pris le bras.

— Non…

J'aurais voulu la laisser partir, mais quelque chose m'en empêchait. Que m'arrivait-il ? On avait échangé un seul baiser. Spectaculaire, certes, et inattendu. J'avais envie d'aller plus loin, mais pas au point de la supplier de rester. J'adoptai une tactique différente.

— Pourquoi partir si vite ? Prenez donc un verre, dis-je sur un ton détendu et persuasif.

Je la fis tourner pour être face à elle. Une étincelle humide brillait dans ses yeux. Cette lueur de détresse n'était pas feinte, et elle faisait de gros efforts pour se maîtriser, sans chercher à me culpabiliser de ma victoire. Comment pouvait-elle me paraître si fragile, alors que quelques heures plus tôt, je l'avais trouvée si forte et déterminée ? Jouait-elle la comédie ? Sans doute, même si je ne parvenais pas à m'en convaincre.

— *Bella*…

J'effleurai sa joue tendre du pouce. Son regard s'assombrit. Elle aussi, me désirait toujours. Ça, au moins, je ne l'avais pas imaginé.

— Ce n'est que de l'argent, dis-je, convaincu qu'elle s'inquiétait de la réaction de ses parents.

Peut-être son père se mettrait-il en colère. Qui ne le ferait pas, après avoir perdu un million d'euros ?

— Vous êtes une excellente joueuse, poursuivis-je, mais il faut accepter de perdre, parfois. Je vous offrirai votre revanche, si c'est ce que vous voulez.

— Merci, c'est très généreux de votre part.

— Alors, vous acceptez de rester prendre un verre ?

La note d'espoir, dans ma voix, me déplut. La promesse de notre baiser flottait encore dans l'air.

— D'accord.

— Très bien.

J'étais plus excité que je n'aurais dû l'être. J'effleurai son front de mes lèvres, heureux de sentir sa respiration s'accélérer, mais je m'obligeai à ne pas l'embrasser sur la bouche, avant que nous ne soyons prêts tous les deux. Elle s'écarta, et je dus faire un effort pour ne pas la serrer entre mes bras.

— Puis-je d'abord aller me rafraîchir ? demanda-t-elle.

— Bien sûr.

J'aurais préféré qu'elle reste. Avec les femmes, je ne suis pas possessif et je me demandai fugitivement d'où me venait ce besoin si impérieux de la garder près de moi. Tandis qu'elle s'éloignait, je me versai un verre de scotch pour calmer mes ardeurs. J'allai jusqu'à la fenêtre, savourant la brûlure de l'alcool au creux de ma gorge. Une fois qu'elle serait dans mon lit et que monterait l'excitation promise, Edie Spencer oublierait l'argent qu'elle avait perdu et l'explication qu'elle devrait fournir à son père.

Si ça marchait aussi bien entre nous que je l'imaginais,

je lui proposerais de l'entretenir jusqu'à ce que la flamme de la passion s'éteigne. Elle avait visiblement des goûts de luxe, pas de ressources personnelles et elle aimait jouer de l'argent qu'elle n'avait pas gagné. Peut-être pourrais-je l'employer comme hôtesse lors de la longue fête que je projetais de donner dans ma propriété de Nice, à la fin du mois ? Dans ce rôle, elle serait parfaite, élégante, belle et stylée – et grâce à sa bonne éducation, elle saurait charmer l'élite des hommes d'affaires. Sans parler de son habileté diabolique à la table de jeu.

Évidemment, j'aurais du mal à lui faire accepter de travailler pour vivre, mais vu sa réaction à la perte du million de son père, ce ne devrait pas être si difficile. J'étais un employeur généreux et, si je réussissais à dompter son caractère, notre collaboration serait aussi agréable pour elle que pour moi.

En terminant mon scotch, je me sentais de nouveau moi-même, soulagé d'avoir trouvé comment prolonger ces moments avec Edie. Je regardai ma montre, surpris qu'elle s'attarde si longtemps. C'est alors que mon téléphone tinta, porteur d'un message de Joe Donnelly :

Nous avons un problème. Appelle-moi.

J'aurais préféré ignorer sa demande. Il était 4 heures du matin, et Edie n'allait pas tarder à revenir. Cependant, mon professionnalisme l'emporta. Joe ne ferait pas appel à moi sans une raison valable. J'appuyai donc sur le bouton d'appel.

Il décrocha instantanément.

— Comment ça se passe ? demanda-t-il sans préambule.

— J'ai gagné il y a dix minutes, pourquoi ?

Il lâcha un juron irlandais dont il n'usait que dans les grandes occasions.

— Edie Spencer est toujours avec toi ?

— Elle est allée se rafraîchir.

Un frisson glacé glissa soudain le long de mon échine.

— Donc elle n'est pas dans la même pièce que toi ?

— Non… Que se passe-t-il, Joe ?

Quelque chose n'allait pas, et mon estomac se noua, une sensation que je connaissais de longue date.

— Le chèque qu'elle nous a remis en dépôt est un faux, tout comme sa carte d'identité. La comptabilité m'a averti il y a dix minutes, quand ils ont constaté le problème.

La douleur se fit plus aiguë encore, comme celle que j'éprouvais, enfant. Edie Spencer ne reviendrait pas. Et le million qu'elle avait mis en jeu et perdu n'avait jamais existé.

— La bonne nouvelle, c'est que nous croyons savoir qui elle est en réalité.

Joe continuait à parler, mais j'avais du mal à le suivre. Le sang bourdonnait à mes oreilles, mes mains tremblaient de colère. Mais pis encore, je me sentais impuissant.

— Qui est-ce ? demandai-je, fou de rage, rejetant l'angoisse incontrôlable qui m'avait gagné.

— Madeleine Trouvé. Ça te dit quelque chose ?

— Non. C'est son véritable nom ?

Malgré tout, je réussis à contrôler ma voix. Edie Spencer m'avait dupé, elle s'était moquée de moi et avait ravivé un événement de ma vie que j'avais tout fait pour oublier. Elle allait le payer et me rendre l'argent qu'elle m'avait escroqué.

— Il faut qu'on la retrouve.

J'avais bien l'intention de m'y employer personnellement. Elle me devait un million, mais il n'y avait pas que l'argent. Je serrai si fort mon verre qu'il se brisa entre mes doigts.

— Dans les années 1990, Madeleine Trouvé a eu son heure de gloire. Une fille à la mode qui a enchaîné les liaisons avec de riches et puissants hommes d'affaires, le plus souvent mariés. Son nom ne te dit vraiment rien ?

— Ce n'est pas le problème, hurlai-je, perdant pour de bon le peu de sang-froid qui me restait, tout en enroulant une serviette autour de ma main ensanglantée. De toute façon, la femme que tu décris ne peut pas être Edie Spencer : celle avec qui je viens de jouer n'a guère plus de vingt ans…

Une peau douce et satinée, un baiser sans artifice, un

regard d'abord candide et passionné, puis désemparé. Tout cela aussi n'était donc que mensonge ?

Ce n'est pas toi qui l'as eue, c'est elle qui a gagné…

Je repris mon souffle, écœuré de la désirer encore, fou de rage.

— Dans les années 1990, elle devait à peine être née, m'exclamai-je d'une voix suraiguë à l'idée de cette trahison, dans un mélange de confusion, de colère et de désir.

— Je sais. Madeleine Trouvé est morte il y a quatre ans dans un accident d'hélicoptère, avec un de ses amants. Un aristocrate espagnol. La jeune femme que tu as rencontrée est la plus jeune de ses deux filles. Edie Trouvé.

— Tu en es sûr ?

Dans mon cœur, la colère avait cédé le pas à la détermination. J'allais retrouver Edie et lui apprendre d'une façon qu'elle n'oublierait pas de sitôt à mieux choisir ses pigeons. Je n'étais pas un nobliau gâté et taré comme les hommes que fréquentait sa mère. Je m'étais sorti tout seul de l'ornière, des bas quartiers de Naples. J'avais erré de famille d'accueil en centre d'hébergement, vécu dans la rue mon adolescence et fait mille petits boulots pour gagner ma vie. À dix-sept ans, j'avais été passé à tabac à Paris, dans une ruelle parce que j'avais misé sur le mauvais cheval. Mais personne n'avait réussi à me faire rendre gorge. Alors pas question de me faire avoir par une gamine aux grands yeux verts et au joli petit nez constellé de taches de rousseur…

— Absolument sûr, répondit Joe, ce qui mit fin au désir qui m'avait repris à cette simple évocation.

Tout cela n'avait aucun sens. Je ne voulais pas d'Edie Spencer… Non, d'Edie Trouvé. C'était terminé. Ce désir que je n'arrivais pas à contrôler n'était que le fruit de ma colère combinée à plusieurs heures de frustration sexuelle sciemment provoquée et prolongée. Y compris par ce fichu baiser. *Basta*.

Comme on dit, le fruit ne tombe pas loin de l'arbre. Cette fille avait appris à tenter et à titiller les hommes d'une mère qui avait passé sa vie à user comme d'une arme du sexe et de la frustration masculine. Une femme dont les intentions et les buts ne valaient pas mieux que ceux de ma propre mère. Mais à quoi bon évoquer ces terribles souvenirs ?

Ne t'aventure pas par là. Ces deux situations n'ont rien de commun. Pour toi, Edie Trouvé est sans importance.

— Tu sais où la trouver ?

— Pas encore, mais on y travaille.

Soudain je me sentis beaucoup plus calme. Ma colère s'était évanouie.

— Très bien, mais dépêchez-vous. Je tiens absolument à remettre la main sur elle.

7.

— Comment ça ? Le chèque que j'ai déposé à l'Inferno était un faux ?

Indignée, je contemplai l'homme de main de Carsoni, Brutus, un nom qui lui allait comme un gant. Non seulement je ne pourrais pas payer la dette laissée par mon beau-frère, mais je venais malgré moi d'escroquer Dante Allegri.

Ma situation ne faisait qu'empirer.

Quand je m'étais assise à la table de poker, j'étais de bonne foi. J'avais joué et j'avais perdu, à cause de mes propres erreurs et de ma faiblesse. Il ne me restait plus guère que ma réputation et, même si j'avais donné un faux nom à Allegri, je n'avais jamais eu l'intention de le rouler.

Peut-être étais-je stupide de m'occuper de ce qu'il pensait de moi. Mais quelque part, cela comptait.

— Tu devrais me dire merci, ma petite, lança Brutus. Tu dois déjà cinq millions d'euros au boss, alors à quoi bon en rajouter un autre ?

Il avait parlé d'une voix éraillée en me dévisageant de ses petits yeux perçants, comme chaque fois qu'il venait récupérer les intérêts que nous payions à Carsoni. Ce regard me donnait envie de vomir.

– Mais Allegri va s'en apercevoir. Il pourrait me faire arrêter ; ce genre de fraude constitue un délit. Et alors, comment pourrais-je rembourser Carsoni ?

Étrangement, la perspective d'être arrêtée et emprisonnée m'angoissait moins que celle d'être méprisée par Allegri.

Mais je chassai cette pensée ridicule. Je ne reverrais jamais Allegri, et peu importait ce qu'il pensait de moi.

Jusque-là, j'avais toujours fait mon possible pour honorer les dettes laissées par Jason. Peut-être la méthode que j'avais choisie était-elle risquée et follement téméraire, peut-être m'étais-je fait une trop haute idée de mes capacités, mais jamais je n'aurais commis un acte qui risquait de faire de moi une criminelle.

— Allegri ne saura rien, murmura Brutus. Tu as utilisé une fausse identité, c'est moi-même qui te l'ai fournie.

Ils avaient suggéré d'utiliser de faux papiers au cas où Allegri découvrirait ma martingale et me chasserait. J'avais accepté, parce que j'étais naïve et assez désespérée pour faire confiance à l'homme de main d'un usurier.

— D'ailleurs, Carsoni a sa petite idée sur la façon dont tu pourrais le rembourser.

— Comment ?

Je reculai en le voyant tendre la main vers mon visage. J'eus soudain la nausée, une nausée qui m'avait prise depuis que j'avais fui l'Inferno, à l'aube, ou plutôt depuis qu'Allegri avait retourné sa main gagnante. J'avais alors compris que j'avais commis une énorme erreur.

Brutus me prit par les cheveux pour m'attirer à lui. Je sentis sur ma bouche son haleine imprégnée de tabac, répugnante. Je ravalai un haut-le-cœur, et il se mit à rire.

— Inutile de prendre cet air étonné. Tu es mignonne, tu plais à Carsoni, et il en a marre d'attendre que tu le rembourses.

Il m'attira à lui par les cheveux et tenta de m'embrasser au creux du cou. Je tentai de le repousser, révulsée de dégoût, mais il enroula mes cheveux autour de son poing, et je sentis sa langue sur mon cou.

— Pas la peine de jouer la comédie, chuchota-t-il. Ta mère était une traînée de haut vol. Carsoni oubliera cette dette, si tu te montres gentille avec lui.

J'aurais voulu hurler, mais le cri restait bloqué dans ma gorge. Si j'appelais à l'aide, Jude accourrait à ma rescousse, et je ne voulais pas la mettre en danger. Elle n'avait aucune idée des menaces que j'avais déjà subies venant de Brutus et de son patron, mais celle-là était la pire. J'avais très peur, mais il ne fallait pas qu'il s'en rende compte. Quand une brute voit qu'on a peur, ça l'excite davantage encore.

Je finis par lui échapper. Il me lâcha et recula d'un pas.

— Nous allons vendre la maison, déclarai-je. Elle vaut plus que les cinq millions que nous vous devons.

Du moins, je l'espérais.

Je n'avais aucune idée de l'endroit où nous vivrions, mais nous réussirions à survivre. J'étais jeune et forte, je travaillais dur et Jude aussi. Peut-être ne posséderions-nous plus Belle Rivière, notre petit château, le seul lieu où nous nous étions senties en sécurité ou importantes pour notre mère durant notre enfance. Une maison splendide, avec ses prairies foisonnant de fleurs sauvages et la rivière qui bordait la propriété, où nous nagions durant de longs étés idylliques. Le grand-père de ma mère l'avait fait construire dans le style du XVIIIe siècle pour l'offrir à sa femme malade comme résidence d'été. Mais nous avions beau l'adorer, au fond ce n'étaient que des briques, du ciment et des vieux souvenirs. Mes efforts pour la conserver et mon refus de la vendre pour effacer la dette de Jason ne nous avaient causé que des ennuis supplémentaires. Il était grand temps de regarder la réalité en face et d'arrêter de lutter contre l'inéluctable. Sinon ma situation risquait d'empirer encore.

Quand Brutus s'était approché de moi en grimaçant, j'avais senti une main de glace me serrer le cœur, et tout mon corps avait frémi d'angoisse.

— Peut-être cela suffira-t-il à éponger votre dette, dit-il en contemplant la bibliothèque où les seuls meubles qui restaient étaient des étagères vides. Ou peut-être pas. Mais de toute façon, le patron, ce n'est plus de l'argent qu'il veut.

La fureur m'envahit, dissipant ma peur.

— Dommage, parce qu'il n'obtiendra jamais de moi que de l'argent.

Brutus me gifla si fort que je vacillai sous le coup,

tandis que la douleur explosait sur ma joue. Je tombai par terre et m'écorchai le coude sur le plancher en tentant d'amortir ma chute.

— C'est ce que tu crois.

Sa désinvolture me fit plus de mal encore que la gifle qu'il m'avait assénée. J'étais si fatiguée. Il me reprit par les cheveux. Je tentai de lui échapper, mais mes mouvements étaient saccadés et désordonnés. Il me força à me relever, et je tremblai de terreur, complètement perdue.

— On verra si tu le prends toujours d'aussi haut quand tu comprendras quelle est l'alternative, dit-il d'une voix calme qui accrut encore ma frayeur.

Je me dégageai, mais il me frappa de nouveau. Si j'avais vu venir le coup, la gifle fut tout aussi brutale. Je laissai échapper le cri que j'avais tenté de ravaler. Ma tête me faisait mal. Je pensai à Dante, à son regard rivé au mien, qui me disait qu'il me désirait.

J'entendis Jude pleurer et frapper à la porte.

— Ouvre, Edie, ouvre. Que se passe-t-il ?

Je compris alors que Brutus avait poussé le verrou quand nous étions entrés pour discuter, et ma peur augmenta encore. Je lui donnai un coup de pied dans le tibia, et il me lâcha. Je vacillai, tombai et me relevai. J'essayai de courir pour échapper à ses poings de brute, mais dans cette pièce nue je ne trouvai rien pour me protéger. J'entendis crier à l'extérieur, une voix basse que je reconnus.

Il n'est pas là… Tu ne peux compter que sur toi-même.

— Viens là.

Brutus me prit le bras, enfonçant ses doigts assez profondément dans ma chair pour y faire un bleu, mais au même instant, un fracas énorme nous cloua sur place. La porte vola en éclats et sortit de ses gonds. Dante Allegri se rua dans la pièce, tel l'ange de la vengeance, suivi par le directeur du casino. Était-il là pour me sauver ?

— Appelle la police, Joe, hurla-t-il en se précipitant vers moi.

Tu rêves, ce n'est pas lui. Pourquoi serait-il venu ?

Brutus me lâcha le bras. Je m'effondrai sur le sol.

— Quel est le…, commença-t-il avant que le poing de Dante ne vienne l'interrompre.

Lentement, le corps de Brutus se recroquevilla sur lui-même avant de se redresser quand Dante se rapprocha à nouveau de lui. L'homme de main se précipita alors vers la porte, bousculant Joseph Donnelly et ma sœur. Ses pas précipités résonnèrent dans mon cerveau embrumé.

Tout ceci était-il bien réel ou étais-je le jouet de mon imagination ? Une part de moi-même était toujours sous le choc. Dante se dirigea vers moi en massant ses phalanges ensanglantées. Je compris alors ce qui venait de se passer et la panique et la confusion me secouèrent comme un tremblement de terre, jusqu'à ce que je ne sente plus qu'une douleur lancinante.

Je m'assis, les bras autour des genoux. Mon corps se mit à trembler si violemment que j'eus l'impression que j'allais tomber en morceaux. Dante s'agenouilla tout près de moi, et son odeur m'enveloppa – parfum épicé, savon au cèdre et virilité. Je n'arrivais toujours pas à y croire. Pourquoi était-il là ? Pourquoi m'avait-il sauvée ? Puis je me souvins que je lui devais un million d'euros.

— *Bella*, murmura-t-il en effleurant doucement ma joue.

Mes larmes jaillirent, sans que je cherche à les ravaler. Jude se précipita vers moi.

— Edie, il t'a frappée ? Ce salaud…

Elle se mit à pleurer, ce qui raviva encore ma peine, et je pressai mon visage douloureux contre mes genoux. Je ne voulais pas que Dante me voie dans cet état. Brutalisée et terrifiée, incapable de me défendre. J'avais trop honte, mais je ne pouvais ni m'enfuir ni me cacher. Maintenant que se dissipait l'adrénaline, j'avais mal partout : au visage, au coude, aux côtes, une douleur non plus sourde mais vive et lancinante. J'étais épuisée… Je me recroquevillai sur moi-même, poussée par l'idée enfantine que si je ne voyais plus la pitié sur son visage, il ne pourrait plus me voir non plus.

— Arrêtez de pleurer, dit Dante à Jude d'une voix calme mais ferme. Et appelez une ambulance pour votre sœur.

— C'est déjà fait, intervint Joe, le directeur du casino. Et vous, mademoiselle, venez avec moi, votre sœur s'en remettra. Dante va s'occuper d'elle.

Les pleurs de Jude se firent plus sourds et plus distants, tandis que Joe l'entraînait à l'extérieur en lui prodiguant des paroles de réconfort.

« Dante va s'occuper d'elle. » À ces mots, quelque chose s'était dénoué dans ma poitrine. J'aurais voulu que ce soit vrai, même si c'était pitoyable : car pourquoi Dante me protègerait-il ? Je gardai le visage plaqué contre mes genoux. Je ne voulais pas qu'il lise sur mon visage.

— Regardez-moi, *bella*.

La douceur de sa voix me rappela le moment où, la veille, j'avais tout perdu lors de la partie finale. Pourtant, je cherchais à me raccrocher à la tendresse qu'il me témoignait, je voulais croire qu'elle avait un sens, un sens caché.

Je secouai la tête, incapable de parler ou de le regarder.

— Il vous a fait très mal ? demanda-t-il avec une fureur contenue. Qui est-ce ? Comment a-t-il osé porter la main sur vous ?

Sa voix me faisait l'effet d'un baume. J'avais tant espéré qu'on me protège, lorsque j'étais enfant.

— Je vais bien. Vous pouvez me laisser seule ?

Il laissa échapper un juron, avant de s'asseoir par terre à côté de moi.

— Pas question, *bella,* dit-il d'une voix dure. N'oubliez pas que vous me devez un million d'euros.

8.

Edie releva la tête. J'avais réussi à attirer son attention.

En voyant la marque rouge sur sa joue, je sentis la rage me submerger. Qui était le salaud qui l'avait attaquée ? Son petit ami ? Son mari ? Son souteneur ?

J'écartai cette dernière hypothèse. Ce n'est pas parce que sa mère avait eu une cohorte de riches protecteurs qu'Edie était prête à se vendre au plus offrant. Avec son jean, ses baskets et son T-shirt, le visage nu et les bras autour des genoux, elle avait l'air si jeune, si vulnérable. Trop vulnérable. Je ravalai ce nouvel élan de sympathie et l'arrivée des médecins m'empêcha de pousser plus loin mon interrogatoire. Je reculai pour les laisser examiner ses commotions et soigner ses blessures, tout en m'efforçant de rester calme et concentré.

J'étais arrivé là, fou de colère, pour récupérer l'argent qu'elle me devait. La punir de m'avoir roulé et de s'être enfuie. Mais ma fureur s'était changée en un sentiment beaucoup plus complexe.

En voyant ce salaud poser les mains sur elle, j'avais été pris d'une rage indicible. Lorsque mon poing avait heurté sa mâchoire, je n'avais pas éprouvé la simple satisfaction de protéger un être vulnérable. En moi s'était ravivé l'instinct protecteur qui m'avait gagné la veille, au moment où mes lèvres s'étaient posées sur celles d'Edie et où elle avait réagi si intensément. Je devais bien reconnaître que c'était cet instinct puissant qui m'avait poussé à quitter si vite Monaco pour gagner l'île-de-France. Jamais jusqu'ici, je n'avais éprouvé le besoin de partir moi-même en chasse d'un fraudeur.

Pendant qu'Edie répondait aux questions des soignantes, je luttais pour retrouver mon sang-froid. La chaude lumière de l'après-midi entrait par les vitres poussiéreuses, et je remarquai alors qu'il n'y avait pas un seul meuble dans la pièce – sans doute une ancienne bibliothèque. La peinture des boiseries s'écaillait et le papier peint fané était constellé de taches d'humidité. Ce décor délabré me rappela la détérioration du bâtiment et les jardins à l'abandon que j'avais remarqués dès mon atterrissage. L'ensemble m'avait paru en piteux état, contrairement à ce à quoi je m'attendais.

Lorsque Edie s'était enfuie et que Joe m'avait averti que le chèque était faux, je m'étais convaincu que c'était le genre d'enfant gâtée qui n'aime pas payer ses dettes. Mais le délabrement du château évoquait une tout autre histoire. La bagarre que j'avais interrompue entre elle et ce vilain colosse m'avait profondément choquée. Et j'attendais avec impatience le moment où les médecins auraient fini de la soigner, pour pouvoir tirer cette affaire au clair. Désormais, il était évident que loin d'être trop gâtées, Edie et sa sœur étaient sans ressources ou presque. Même si cette situation ne justifiait ni la fraude, ni la fuite de la jeune femme, je m'en sentais curieusement soulagé.

Quand la jeune médecin eut terminé son examen, je la raccompagnai ainsi que son assistante.

— Comment va-t-elle ? murmurai-je en arrivant à la porte.

— Bien. Aucune trace de commotion, seulement quelques vilains bleus, me répondit-elle. Je vais attendre les gendarmes pour qu'ils joignent mon constat à leur rapport.

Elle se tourna vers Edie qui était assise à la fenêtre et semblait contempler le jardin.

— J'espère qu'ils vont retrouver le salaud qui lui a fait ça.

Et moi, plus encore.

— Faut-il qu'elle vous revoie ?

— Non. Surveillez-la durant les heures qui viennent.

Si elle tombe en léthargie ou semble désorientée, appelez-nous tout de suite. Demain, elle aura des bleus impressionnants, mais elle devrait aller bien. À part le traumatisme psychologique, évidemment, ajouta-t-elle d'un air sombre.

Je la remerciai encore avant de retourner auprès d'Edie qui semblait si minuscule et fragile dans cette grande pièce vide. Dès que j'entrai, elle se tourna vers moi.

— Vous êtes encore là ? déclara-t-elle d'un ton surpris.

— Bien sûr, répondis-je, stupéfait qu'elle ait pu penser que j'allais l'abandonner. Il faut que je parle aux gendarmes, et j'ai bien l'intention de leur faire un portrait détaillé de l'homme qui vous a attaquée. Ils vont bien finir par arriver.

Je regardai ma montre.

— Joe les a appelés il y a un bon quart d'heure.

— Accepteriez-vous…

Elle hésita.

— Accepter quoi ?

Elle avait l'air absolument exténué.

— De ne pas leur parler du chèque falsifié. Je vous rembourserai jusqu'au dernier centime, mais si vous portez plainte, ce sera impossible.

Je n'avais jamais eu l'intention de parler à la police de ce chèque, mais je préférai ne pas le lui dire. Auparavant, j'avais des questions à lui poser. Et ce million d'euros qu'elle me devait était mon seul moyen de faire pression sur elle.

— Comment me rembourserez-vous ? Vous n'avez plus grand-chose à vendre.

Je parcourus la pièce des yeux. Je me moquais de l'argent, mais je voulais savoir exactement où les deux sœurs en étaient. Elle détourna la tête pour tenter de cacher sa détresse, et mon cœur se serra douloureusement. Le soleil qui brillait à travers les vitres poussiéreuses accentuait encore l'expression d'angoisse qu'elle tentait avec courage de dissimuler.

— Je…

Elle s'interrompit, et la détermination que je lus dans

ses yeux verts me rappela la femme qui m'avait ébloui la veille à la table de poker.

— Nous sommes toujours propriétaires de Belle Rivière. La vente de la maison, malgré son état, nous permettra de rembourser ce que nous vous devons, à vous et à Carsoni.

— Jean-Claude Carsoni ? m'exclamai-je. Qu'est-ce que ce salaud vient faire dans cette histoire ? Vous lui devez de l'argent ? Combien ?

Je fis un rapide calcul. Ce devait être une somme importante car la maison, si délabrée qu'elle était, valait encore plus de dix millions d'euros.

Et elle avait dit « nous ».

De qui payait-elle les dettes ? À en juger par la prudence et par l'habileté dont elle avait fait preuve au Texas hold'em jusqu'à ce que ce baiser nous déconcentre tous les deux, elle ne m'avait pas paru être une joueuse à problème. D'ailleurs, après le rejet du chèque falsifié, Joe avait transmis à tous nos concurrents la photo d'elle prise par les caméras de sécurité quand elle était entrée à l'Inferno, et aucun ne l'avait jamais vue, ni n'avait entendu parler d'elle. Était-il possible qu'elle n'ait pas ou peu d'expérience ? Mon admiration pour elle – et pour sa manière de jouer – en fut encore accrue, ce qui ne fit que me perturber davantage.

Jusque-là, jamais je n'avais été attiré par les femmes fragiles et vulnérables. Or on pouvait certainement classer Edie Trouvé dans cette catégorie, surtout si elle devait de l'argent à ce *bastardo* de Carsoni.

— Vous connaissez Carsoni ? demanda-t-elle, stupéfaite.

— Assez pour lui avoir interdit de proposer ses services d'usurier dans le périmètre de mes casinos.

Ce parasite de Carsoni prêtait de l'argent aux joueurs à problèmes en exigeant d'eux des intérêts exorbitants qu'ils ne pouvaient pas rembourser. Je serrai les poings, et la douleur me rappela le coup que j'avais porté.

— C'était un de ses hommes, *bella* ? demandai-je, inquiet.

Je n'étais pas responsable de cette fille. Pourtant une colère sourde bouillait en moi. Je n'avais qu'une envie : étrangler Carsoni à mains nues, pour avoir laissé son sbire poser la main sur elle.

— Je ne vois pas en quoi ça vous concerne, répondit-elle, le regard perdu vers la fenêtre.

Elle avait sans doute raison, mais quand un rayon de soleil se posa sur le bleu qui marquait sa pommette, ma colère se changea en une rage féroce. Je la pris par le menton et la forçai à tourner la tête vers moi.

— Parce que ça s'est passé dans mon casino.

Et parce que vous m'avez embrassé avec une fougue que je n'arrive pas à oublier.

Mon regard s'attarda sur ses lèvres, et le souvenir de leur goût, plein de tendresse et de passion, réveilla la flamme qui couvait en moi. Ses pupilles se dilatèrent, et sa peau pâle rougit, accentuant le bleu sur sa joue. Elle se dégagea, mais j'avais eu le temps de percevoir dans ses yeux une lueur de désir et de panique mêlés.

Avec ces taches de rousseur sur le nez et ce bleu, elle avait l'air si jeune et fragile…

Avant d'explorer l'attirance qui me poussait vers elle, je devais la protéger de Carsoni et de ses sbires.

— Je vous l'ai déjà dit, je vous rembourserai, dit-elle d'une voix mal assurée.

— Combien devez-vous à Carsoni ?

Une étincelle de défi s'alluma dans son regard.

— Ça n'est pas votre aff…

— Arrêtez, dis-je en posant un doigt sur ses lèvres pour la faire taire. Laissez-moi vous aider. Vous ne voulez pas vendre votre maison, sinon, vous l'auriez fait depuis longtemps.

Du pouce, j'effleurai le bleu de sa pommette.

— M'aider ? Alors que j'ai essayé de vous voler ?

Un éclair de honte passa sur son visage, et je me demandai si elle avait su que le chèque était falsifié. Dans ce cas, pourquoi était-elle restée si longtemps à la table de jeu, alors qu'à tout moment nos comptables risquaient de découvrir la fraude ? Elle était trop intelligente, si désespérée qu'elle soit, pour se jeter dans la gueule du loup.

— Combien devez-vous à Carsoni ? répétai-je sans chercher à cacher mon impatience.

Elle laissa échapper un soupir.

— Au début, deux millions, mais maintenant plus de cinq.

Ce *bastardo* aurait mérité d'être pendu, brûlé et écartelé.

— Au départ, nous avons obtenu un prêt sur la propriété, mais nous n'avons jamais réussi à le rembourser, et la dette ne cesse de s'accroître.

Je m'obligeai à demeurer impassible, malgré ma fureur et mon désir grandissant d'étriper Carsoni.

— Comment cette dette a-t-elle été contractée ? demandai-je, déjà convaincu que ce n'était pas de son fait.

— Cette dette a été contractée à l'Inferno.

Elle poussa un soupir résigné.

— L'an dernier, mon beau-frère Jason et ma sœur Jude sont partis en vacances à Monaco. Jude ne sait pas ce qui est arrivé à Jason cette nuit-là : ils sont entrés à l'Inferno, au début, il a gagné, puis il a accumulé les pertes. Il ne voulait plus partir, et toutes leurs économies y sont passées. Ils sont rentrés ici anéantis. Il s'en voulait à mort d'avoir tout perdu.

Dans sa voix, je décelai une pointe de culpabilité qui me dérouta. Pourquoi se tenait-elle pour responsable de ce qu'avait fait cet *idiota* ? Mais je ne l'interrompis pas, même si l'implication de l'Inferno me déstabilisait. Nous faisons tout notre possible pour décourager les joueurs addictifs. Mais sans doute devrions-nous encore durcir notre réglementation.

— Je ne comprends toujours pas comment votre beau-frère est devenu le débiteur de Carsoni. L'Inferno n'accepte pas les traites à son nom.

— Tout ce que je sais, répondit-elle d'une voix sans timbre, c'est qu'une semaine après Jason a obtenu un prêt de Carsoni et qu'il est retourné à Monaco. Je suppose qu'il n'est pas allé à l'Inferno.

Ses épaules s'affaissèrent comme si, depuis des mois, elle charriait une charge monstrueuse.

— Sans doute espérait-il regagner ce qu'il avait perdu. Depuis, nous n'avons plus entendu parler de lui. Carsoni s'est présenté une semaine plus tard avec une reconnaissance de dettes que Jason avait signée au nom de Jude.

C'était donc son beau-frère et par extension sa sœur qui devaient de l'argent à Carsoni. Pourtant, elle n'avait pas hésité à prendre leur dette en charge. Toutes les hypothèses que j'avais formulées à son sujet se révélaient erronées. Edie n'était ni gâtée ni paresseuse ni lâche. Ce qui renforçait le désir qu'elle m'inspirait, mais rendait la situation plus problématique encore.

— Vous auriez dû me raconter tout ça quand vous êtes arrivée à l'Inferno, lui dis-je, frustré d'apprendre qu'au départ, l'argent avait été perdu à ma table de roulette.

Je n'avais pourtant aucune raison de me sentir coupable. J'étais un homme d'affaires, et si des joueurs perdaient la raison, c'était à eux d'en supporter les conséquences.

Elle me jeta un regard stupéfait.

— Pourquoi l'aurais-je fait ? C'est mon problème, pas le vôtre.

— Désormais, c'est aussi le mien, puisque vous me devez un million d'euros.

— Quand nous aurons vendu le château, je pourrai… commença-t-elle en rougissant.

— Non, l'interrompis-je, agacé par son entêtement. Vous n'allez pas vendre votre maison.

— Nous n'avons pas d'autre issue.

Je m'efforçai de rester calme. Si elle se retrouvait au bord de la ruine, c'était à cause de l'imprudence de son beau-frère, et elle venait de se faire rudoyer par un sbire de Carsoni. Elle ne pouvait pas se permettre de refuser mon aide. Au moment où j'allais lui exposer mon plan, la sirène des gendarmes se fit entendre. Je jurai entre mes dents.

Elle sembla soulagée par leur irruption. Ils nous interrogèrent tous les deux, mais quand ils la questionnèrent sur l'homme qui l'avait frappée, elle prétendit qu'elle ne pouvait l'identifier. Tout en parlant, elle me jeta un regard suppliant pour m'empêcher de la contredire. Je restai silencieux, convaincu que cela n'apporterait rien d'informer les gendarmes. Lorsqu'ils nous eurent laissés pour aller questionner Jude et Joe sur l'incident, Edie me sourit timidement.

— Merci de n'avoir rien dit concernant Carsoni. Et aussi d'avoir frappé cette ordure.

— Inutile de me remercier, répondis-je, ravalant l'irritation que provoquait en moi son ton poli et impersonnel.

Visiblement, elle était épuisée et mieux valait ne pas entamer de discussion. Je savais parfaitement comment traiter un vil parasite comme ce Carsoni. J'aurais préféré informer les gendarmes que son assaillant était un de ses hommes, mais je ne l'avais pas fait parce qu'ils ne pouvaient rien contre l'usurier. Et puis j'avais besoin de Carsoni pour retrouver l'homme qui avait frappé Edie. Ces deux salauds allaient devoir payer pour ce qu'ils lui avaient fait. Et je n'avais pas l'intention d'observer la loi.

Edie se massa fugitivement la tempe.

— Vous avez mal à la tête ? lui demandai-je, inquiet de la voir si pâle, ce qui faisait ressortir davantage sa meurtrissure.

— Pas trop, compte tenu des circonstances.

Elle chancela, comme si elle allait s'évanouir. Les gendarmes finirent par partir, en promettant de se lancer à la poursuite de son assaillant, mais je doutai de l'efficacité de leurs recherches. Je me tournai alors vers Jude sur qui veillait Joe. Jamais je ne l'avais vu aussi attentionné envers une femme, mais Jude Trouvé était presque aussi belle qu'Edie, ce qui expliquait sans doute la sollicitude de Joe.

— Edie a besoin de repos, dis-je à Jude qui semblait aussi épuisée que sa sœur. Pouvez-vous la surveiller ? Les médecins ont dit qu'il fallait être attentif à tout signe de léthargie ou de désorientation.

— Bien sûr, répondit Jude en prenant Edie par l'épaule. Il va falloir que nous mettions la maison en vente…

— Il n'y a aucune urgence, l'interrompis-je.

En fait, cela deviendrait inutile dès que mon cabinet de juristes aurait contacté Carsoni et l'aurait informé de mes intentions. À moins qu'il ne tienne à aller en prison. J'allais prendre en main la situation, avec ou sans la permission d'Edie mais, avant de partir, je tenais à m'assurer que quelqu'un veillerait sur elle.

— M. Allegri a raison, Edie, déclara Jude. On pensera à nos dettes demain, et de toute façon, ce n'est pas en nous faisant du souci que nous réglerons le problème.

Je me tus tandis que Jude aidait Edie à monter l'escalier. Elle n'opposa aucune résistance, mais en la voyant courber le dos et avancer péniblement je sentis se former dans ma gorge une boule qui m'empêcha d'en dire plus.

Arrivée sur le palier, Jude se tourna vers moi.

— Merci encore, monsieur Allegri, dit-elle avant de rougir en croisant le regard de Joe. Et merci aussi à vous, monsieur Donnelly. Vous vous êtes comportés comme deux chevaliers, et jamais je ne vous remercierai assez d'avoir arraché Edie à cette brute.

Je ne voulais ni de ses remerciements, ni de ceux d'Edie. D'autant que je n'avais rien d'un chevalier.

— Et maintenant, accepterez-vous de nous laisser ? ajouta-t-elle d'une voix douce mais ferme.

J'acquiesçai car j'avais quelque chose à faire avant de revenir veiller sur Edie. En quittant le château avec Joe, je me dis que, même si Edie était la plus courageuse des deux, la force tranquille de Jude était très impressionnante.

— Jude m'a révélé que c'est cette ordure de Carsoni qui est derrière tout ça, grommela Joe tandis que nous regagnions l'hélicoptère. Apparemment, elles lui doivent une somme astronomique, et leur dette ne cesse de s'accroître.

— Je sais, répondis-je en grimpant dans le cockpit. Mais dès demain je te jure qu'elles ne lui devront plus rien.

9.

Le lendemain matin, dès le premier rayon de soleil, je me réveillai en gémissant. J'avais mal à la joue et au coude, mais mon cœur se serra plus douloureusement encore à la pensée que ce serait le dernier été que Jude et moi passerions à Belle Rivière.

Je me glissai hors du lit pour gagner la fenêtre. Sur la banquette qui y était intégrée, j'avais passé des heures à lire, l'été, quand notre mère se montrait d'humeur légère et agréable, parce qu'elle avait trouvé un nouveau protecteur. Cet état béni ne durait jamais très longtemps, car les hommes riches et puissants se lassent assez vite. Surtout quand leur maîtresse se révèle exigeante et fragile comme l'était ma mère. Dans les semaines qui suivaient le début d'une de ses liaisons, Jude et moi avions appris à ne pas nous faire remarquer et à ne rien demander pour qu'elle puisse se concentrer sur le nouvel homme de sa vie. Et être heureuse. Quant à nous, nous passions l'hiver en pension en Angleterre et l'été à Belle Rivière, avec les domestiques tandis que ma mère parcourait le pays au bras de son nouvel amant.

Nous changions souvent de pension, au gré d'une lubie de ma mère et de ce que l'homme avec qui elle vivait était prêt à payer pour notre éducation. Mais nous pouvions toujours compter sur nos étés à Belle Rivière, et c'est là que ma mère me manquait le plus. Elle était loin d'être parfaite, mais dans ses bons jours c'était une force de la nature, capable de transformer un vilain nuage noir en une nuée d'argent étincelante. Si elle avait été là en ce moment, elle aurait chassé tous nos soucis en organisant un pique-nique ou un essayage. Elle n'avait jamais eu de sens pratique, mais savait merveilleusement occuper nos loisirs et, après sa mort, Jude et moi n'avions plus su rire, ni nous amuser comme avant.

Je m'assis pour regarder par la fenêtre ce paysage que j'avais tant aimé, été après été, même si j'étais désormais certaine de perdre cette beauté. Au fond de la propriété, une vieille chapelle couverte de rosiers sauvages et, au-delà, une forêt de chênes, de pins et d'épicéas. Un tapis de coquelicots ajoutait une note d'un rouge vibrant qui ressortait sur le vert de la prairie descendant vers la rivière. J'ouvris la fenêtre en grand et respirai à pleins poumons le parfum des fleurs sauvages et de la résine de pin. Je pouvais entendre au loin le clapotis de l'eau qui me rappelait le rire charmant et cristallin de ma mère, si communicatif. Je ravalai mes larmes. Comment pourrai-je continuer à vivre sans cette oasis de bonheur ? Comment supporter cette perte ?

— Edie, tu es prête à la fin ?

Je me retournai. Jude se tenait dans l'embrasure de la porte, souriante.

— Salut, grommelai-je en dissimulant ma mélancolie.

— Comment te sens-tu ?

Elle se précipita vers moi, visiblement inquiète, mais avec une certaine excitation bizarre dans la voix.

— Ça peut aller, répondis-je, bien décidée à ne pas l'inquiéter davantage. J'espère seulement que…

Je clignai des yeux. *Si tu te mets à pleurer, ça ne peut qu'aggraver la situation.*

— J'aurais préféré trouver une solution pour que nous conservions Belle Rivière.

Si j'avais pu m'enfouir sous les draps, comme quand j'étais petite et que j'entendais ma mère pleurer, ou faire l'amour dans sa chambre. Ses sanglots comme ses cris m'avaient toujours déstabilisée et effrayée…

Jude se laissa tomber en face de moi et prit ma main dans les siennes.

— Je crois qu'on va pouvoir sauver Belle Rivière. Il y a du nouveau.

— Du nouveau ?

— Oui, c'est incroyable ! Incroyable ! Dante Allegri vient d'appeler. Il a réussi à obtenir de Carsoni qu'il annule la dette. Nous ne devons plus rien à ce salaud.

— Qu'est-ce que tu dis ?

Je la contemplai, stupéfaite, tout en m'efforçant de maîtriser la bouffée de joie pure qui me gonflait le cœur. J'avais trop peur d'être déçue.

— Mais… comment a-t-il fait ?

— Je n'en sais rien, répondit-elle avec un sourire éclatant. Je ne le lui ai pas demandé, parce que ça m'est bien égal. Ce qui compte, c'est que plus personne ne te fera de mal, comme hier. Et si en plus, nous pouvons conserver Belle Rivière, tant mieux.

Elle me serra dans ses bras, et je laissai la joie m'envahir.

— Pour moi, tu passes avant tout. Jamais je n'aurais dû te laisser prendre un tel risque, poursuivit-elle en contemplant les rideaux fanés, le tapis élimé et le lit aux draps usés. Moi aussi, j'aime cette maison mais tu comptes bien davantage.

— Il a dû le payer, dis-je, gagnée par le malaise.

— Pourquoi l'aurait-il fait ? Nous devions plus de cinq millions à Carsoni !

— Je sais.

Jamais personne ne m'avait fait pareil cadeau. Alors, pourquoi lui ? Je me souvins de son baiser, si pressant et si avide, et je me sentis soudain toute chose… Était-il possible que… ?

— Il doit vraiment t'aimer beaucoup, déclara Jude dont les pensées semblaient prendre le même chemin inexploré que les miennes. D'ailleurs, il n'y a qu'à voir comment il a assommé Brutus.

Je m'efforçai de contenir l'excitation que provoquait en moi le souvenir de ce coup de poing.

Du calme ! Dante Allegri pouvait avoir toutes les filles qu'il voulait, il sortait avec des mannequins. Je n'étais pas son genre.

Je me souvins pourtant de sa langue avide et de l'effet que son contact brûlant avait eu sur mes sens. Oui, ce baiser prouvait qu'il m'avait désirée tout autant que je le désirais, mais il ne valait pas cinq millions d'euros ! Et puis j'étais encore vierge, sans aucune expérience. Même si, bien sûr, il l'ignorait.

— Tu crois que… ? commença Jude en écarquillant les yeux. Tu crois qu'il s'attend à ce que tu deviennes sa maîtresse ?

— Je ne sais pas.

Cette perspective ne m'effrayait pas autant qu'elle aurait dû le faire et une onde de chaleur totalement inappropriée traversa mon corps. L'idée de coucher avec Carsoni pour de l'argent m'avait révulsée, mais la pensée de mener ce baiser à sa conclusion logique avec Allegri ne me dégoûtait pas du tout. Mais j'étais vierge et j'ignorais tout du plaisir masculin, alors il risquait de regretter ses cinq millions d'euros.

Certes, accepter d'être sa maîtresse me compromettrait tout comme ma mère avait été compromise, et j'aurais dû me sentir humiliée et prise au piège. Pourtant, l'idée de me libérer de cette dette était presque aussi grisante que le souvenir de ce baiser… Sans parler de ce qui allait suivre.

— Nous verrons bien, déclara Jude. De toute façon, il va venir aujourd'hui même prendre de tes nouvelles.

10.

— Jamais je ne pourrai assez vous remercier pour votre aide. Ma sœur et moi vous sommes totalement redevables, et je suis prête à vous témoigner ma gratitude par tout moyen que vous jugerez approprié. Même si je sais bien que cinq millions d'euros valent beaucoup plus que ma reconnaissance.

— Cinq millions d'euros ? Je ne vois pas de quoi vous parlez, *bella*, répondis-je en m'efforçant de maîtriser ma rage à la vue de la meurtrissure bleuâtre sur la joue d'Edie et du cercle violacé qui soulignait son œil.

Qu'est-ce que c'était encore que cette histoire ? Et comment cette femme pouvait-elle provoquer en moi à la fois tant de désir et tant d'exaspération ? Elle se tenait devant moi dans la pièce vide et nue où elle avait été agressée la veille, le visage marqué par les coups, si menue qu'un souffle de vent aurait suffi à la faire tomber. Mais en dépit de cette apparente vulnérabilité, elle n'avait pas l'air de se sentir particulièrement fragile. Au contraire, son visage exprimait la détermination et l'espoir.

— Vous n'avez pas rendu à Carsoni l'argent que nous lui devons ?

— Absolument pas.

Elle fronça les sourcils, déroutée.

— Alors, comment avez-vous fait pour annuler cette dette ?

Mon exaspération s'accrut encore quand je compris

que mon désir pour elle était toujours aussi vif, en dépit de son évidente naïveté.

— Mon équipe de juristes s'en est chargée. La reconnaissance de dette signée par votre beau-frère était sans valeur.

Ou plutôt on avait convaincu Carsoni qu'essayer de récupérer cet argent lui coûterait davantage que la dette elle-même, et que cela nuirait beaucoup à sa réputation sur la Côte d'Azur.

— Quand il a compris qu'il allait être traîné en justice par Allegri Corporation, et par deux femmes sans le sou s'il choisissait de vous arracher cet argent, Carsoni a préféré jeter l'éponge. Par ailleurs, mon avocat l'a informé qu'une enquête criminelle serait ouverte contre lui, si je révélais à la police qu'il était le patron de Severin.

— Je… Oh…

Elle sembla plus déroutée que ravie de cette information.

— Alors, reprit-elle, vous ne lui avez pas donné les cinq millions que nous lui devions.

— Absolument pas.

— Je vois. Très bien.

Visiblement désemparée, elle rougit. Elle venait de me permettre de marquer un point, et je ne résistai pas à la tentation d'exploiter cet avantage.

— Quel genre de moyen aviez-vous en tête pour me témoigner votre gratitude, *bella* ?

Son visage devint plus rouge encore.

— Oubliez ce que je vous ai dit, je vous en prie.

— Je doute de pouvoir l'oublier. Je me demande simplement quel type de gratitude peut compenser le don de cinq millions d'euros.

J'étais ravi de la voir aussi troublée. Car, de mon côté, à peine avais-je posé les yeux sur elle que je m'étais senti complètement déstabilisé.

— Ça n'a pas d'importance, déclara-t-elle en détournant le regard.

Je fis la moue. Quand elle se sentait mortifiée, elle n'en était que plus charmante encore.

— Cinq millions d'euros, c'est quand même une somme. Je me serais attendu à ce que vous me témoigniez votre reconnaissance de manière plus… convaincante, déclarai-je, heureux de pouvoir la taquiner ouvertement.

Soudain, elle releva la tête et me regarda ; je compris alors qu'elle valait bien une telle somme. Son visage était encore rosi, mais ses yeux étincelaient d'un éclat qui témoignait sa force de caractère. Edie était un oiseau rare, une femme aussi honnête qu'intrépide. Une bouffée de désir m'envahit, si profonde et viscérale que la situation m'apparut soudain sous un jour très différent.

En fait, Edie Trouvé était surtout désespérée. En m'offrant sa gratitude en échange de cinq millions d'euros, elle rompait avec ce qu'elle était. J'aurais dû me sentir insulté, pourtant le sexe est aussi une transaction, comme tout dans la vie. J'avais appris très jeune que nos désirs et nos besoins ne font que nous affaiblir. J'avais fait fortune seul, je m'étais forgé seul un avenir, sans compter sur personne, sachant que personne ne donne rien pour rien. Il y a toujours un prix à payer, et l'offre d'Edie en était la preuve.

— Vous vous moquez de moi, répondit-elle à voix basse. Mais je tiens à vous remercier d'avoir pris contact avec Carsoni et de nous avoir tirées d'affaire. Je serai ravie de vous dédommager, si vous m'indiquez comment le faire honnêtement,

J'aurais dû être content qu'elle capitule si facilement, mais cette victoire eut sur moi l'effet opposé : mon agacement tourna à l'exaspération.

— Mon équipe de juristes travaille pour moi à l'année. Je ne lui ai pas versé d'honoraires supplémentaires pour cette mission.

— Et le million d'euros que je vous dois ?

— Oublions aussi cette dette-là.

— Vous en êtes sûr ?

— Répondez-moi franchement. Saviez-vous que le chèque était falsifié ?

Elle resta un moment immobile avant de faire non de la tête.

— J'ai quand même perdu cet argent et je vous le dois.

— C'est vrai, mais il est clair malheureusement que vous n'avez pas les moyens de me rembourser.

À cause de la rougeur de ses joues, de sa poitrine haletante et de ses mamelons qui pointaient sous le fin coton de son T-shirt, j'avais le plus grand mal à me concentrer sur notre conversation. Je brûlais de la prendre dans mes bras et de l'embrasser pour effacer l'inquiétude qui assombrissait son regard, mais la meurtrissure sur sa joue m'en dissuada.

J'avais besoin de temps pour analyser ce qui m'attirait chez cette femme. Deux nuits plus tôt, je m'imaginais qu'elle était une fille à papa trop gâtée et m'étais étonnée de lui trouver du charme malgré tout. J'avais réfléchi à son cas et fait quelques recherches sur sa famille pendant la nuit que j'avais passée dans un hôtel près de chez elle. J'avais décidé de l'embaucher dans l'équipe chargée d'organiser la réception que je m'apprêtais à donner dans ma propriété de la Côte d'Azur. Aujourd'hui que je la connaissais mieux, l'idée me semblait encore meilleure.

Certes, sa famille était sans ressources, mais sa lignée remontait aux Huguenots et au plus haut rang de l'aristocratie. En effet, Edie était née d'une liaison de sa mère avec le plus jeune fils d'un duc anglais – un homme marié. Son arrière-grand-père était un comte français. Sans doute son père et la famille de celui-ci ne l'avaient-ils pas reconnue, mais du sang bleu coulait dans ses veines. Le mien, malgré mon ascension sociale, restait aussi rouge que les coquelicots poussant en abondance autour de Belle Rivière.

Edie avait fréquenté les meilleures écoles, tandis que j'apprenais la vie dans les bas-fonds de Naples et devais me bagarrer pour obtenir la moindre miette. Si on ignorait à quel point mon ascendance était dégradante, tout le monde savait que j'étais parti de rien. J'étais un joueur, un milliardaire qui s'était fait tout seul et qui en était fier. Pourtant, j'aurais tout intérêt à avoir dans mon équipe une femme comme Edie.

Et ses talents de joueuse me seraient précieux, si je savais en user. D'une certaine façon, nous avions beaucoup en commun. Elle aussi était une enfant illégitime, aux prises avec des forces qu'elle ne pouvait maîtriser. Comme moi, elle avait travaillé dur pour s'élever au-dessus de sa condition, et effacer le déshonneur de sa naissance.

Mais mon admiration pour elle s'arrêtait là et, si je lui donnais sa chance, je n'avais pas l'intention d'aller au-delà. Je n'avais rien d'un philanthrope et je ne me laissais pas guider par mon cœur car, pour tout dire, je n'en avais pas. Ou plutôt, je m'étais arrangé pour ne plus en avoir...

Je chassai cette pensée – un souvenir que je ne tenais pas du tout à revisiter. En ce temps-là, j'étais un enfant ; or, aujourd'hui, j'étais un homme. Un homme qui avait réussi à se rendre invulnérable à la douleur.

— Votre sœur m'a confié que vous rencontrez de graves problèmes financiers, mais je crois avoir une solution.

— Laquelle ? s'enquit-elle avec une expression de profond désespoir.

— Accepteriez-vous de travailler pour moi ?

— Vous me... vous me proposez un travail ? demanda-t-elle d'un air si surpris que je ne pus m'empêcher de sourire.

— À la fin du mois, j'organise un événement dans ma nouvelle propriété de Nice et je vais former une équipe au sein de laquelle vos compétences me seraient utiles.

— Qu'attendez-vous exactement de moi ? s'enquit-elle avec un enthousiasme qui flatta mon ego.

— Mes invités, des hommes et femmes d'affaires parmi les plus puissants de la planète, ont tous montré leur intérêt pour moi en investissant dans le développement d'Allegri. Cet événement sera ma façon de leur prouver qu'en tant qu'investisseurs ils ne se sont pas trompés. Durant une partie de la semaine, j'ai l'intention de leur permettre de jouer au poker de façon récréative. Ils ont l'esprit de compétition et adorent les jeux de hasard. Ce qu'ils ignorent, c'est qu'en les regardant jouer j'en apprendrai davantage sur leur personnalité et leur capacité à diriger leur entreprise qu'en examinant leur comptabilité. Quoi qu'il en soit, ils ont réussi et sont assez intelligents pour comprendre qu'il leur serait impossible de me battre à une table de poker. Il me faut donc quelqu'un qui ne les intimide pas, mais soit capable d'observer leur façon de jouer et de les évaluer à ma place.

J'étudiai sa réaction, surpris de constater à quel point j'avais envie qu'elle dise oui. La force de mon attirance pour Edie avait beau m'étonner, je me connaissais assez bien et je n'avais jamais douté de mon instinct. Au départ, quand j'avais envisagé de lui confier ce poste d'hôtesse, j'étais conscient des bénéfices que nous pourrions en tirer tous les deux et je ne voyais pas pourquoi j'aurais changé d'avis. Elle n'avait pas l'air de voir d'inconvénient à confondre employeur et amant et, d'après ses réactions, il était clair qu'elle me désirait tout autant que je la désirais moi-même.

— Je vous paierai quatre mille euros pour ces deux semaines, ajoutai-je.

Mieux valait que la situation soit parfaitement limpide. Il s'agissait d'un vrai travail qui lui conviendrait parfaitement.

— Joe vous renseignera au sujet des participants, et sur ce que je veux savoir de chacun d'eux. Si vous faites du bon travail et si vos talents me sont aussi utiles que je l'espère, cette mission pourrait servir de période d'essai pour une embauche plus durable.

Son visage s'empourpra, et elle cilla plusieurs fois, mais ne répondit pas.

— Alors, ce travail, vous l'acceptez ? lui demandai-je en manifestant mon impatience, agacé par l'étrange excitation que je ressentais.

Pourquoi avais-je si peur qu'elle refuse mon offre ?

— Oui, oui. J'accepte ce travail et je vous remercie.

Je ressentis au fond de mon cœur un soulagement

sans proportion avec l'importance de cette décision. Naturellement, elle avait dit oui, qui aurait pu en douter ? Et pourquoi prenais-je l'affaire tellement au sérieux ?

Elle se mordillait les lèvres, ce qui provoqua chez moi une réaction physique caractéristique. Il s'agissait de désir pur, d'une alchimie exceptionnelle. Voilà pourquoi j'étais si empressé d'associer Edie à mon équipe.

Je tirai une carte de ma poche et la lui tendis.

— Joe vous contactera dans deux jours pour vous donner plus de détails. Si vous avez besoin de m'appeler, mon numéro personnel figure sur cette carte.

Elle la saisit avant de m'adresser un étrange sourire. Un sourire hésitant et timide, un peu ironique, mais qui illumina son regard. Des paillettes dorées étincelaient dans ses iris vert émeraude. Je n'avais jamais vu un sourire comme celui-là, ce qui ne fit que rendre la beauté d'Edie plus rare et plus exquise.

— Merci pour tout, dit-elle avec un accent de gratitude qui venait visiblement du cœur. Je vous jure que je ne vous décevrai pas.

— Dans ce cas, vous pouvez m'appeler Dante.

— Merci, Dante.

Je tournai les talons et me dirigeai vers ma voiture. Mais après avoir quitté la propriété, je continuai à ressentir la même émotion. Je fus donc bien obligé de reconnaître que mon attirance pour Edie Trouvé n'était pas simplement physique…

Ce qui risquait réellement de me poser problème.

11.

L'hélicoptère atterrit au sommet de la falaise, et je découvris un paysage d'une splendeur à couper le souffle. J'avais beau adorer Belle Rivière, il me fallait reconnaître que la propriété de ma famille n'avait ni la somptuosité ni l'élégance de celle de Dante Allegri. Cinq hectares de jardins, aménagés en terrasses qui descendaient jusqu'à la mer. Des pelouses ornées de statues et de folies, des cascades et des bassins magnifiques, sans parler de l'immense piscine de marbre située derrière la villa et de l'escalier qui menait à l'embarcadère et à l'une des trois plages privées.

Les pavillons des invités étaient répartis dans les recoins des jardins, et la maison elle-même se dressait fièrement au centre. Quand l'hélicoptère l'avait survolée, j'avais calculé qu'elle devait comporter au moins une trentaine de chambres. Une résidence d'été construite pour un prince portugais avec un fronton Belle Époque très orné et de magnifiques gypseries. Joseph Donnelly, en me quittant vingt minutes plus tôt, à Monaco, avait parlé d'une villa, mais cette dénomination me sembla beaucoup trop modeste pour le palais qui s'étendait devant moi. Je savais que Dante Allegri était riche, mais j'ignorais qu'il l'était à ce point.

Deux membres du personnel vinrent m'accueillir à l'héliport. J'avais passé les trois derniers jours avec Joseph et l'équipe du casino qui m'avaient renseignée sur les invités attendus dans quelques jours pour la réception donnée par Dante. J'avais pris des notes abondantes concernant leurs noms et leurs physionomies, les affaires qu'ils possédaient, leurs goûts et la façon dont je devais m'adresser à eux. J'avais également fait des recherches sur leur situation financière et l'origine de leur fortune pour mieux observer leur manière de jouer et mieux évaluer leur prise de risques.

Durant tout le temps où j'étais restée dans l'appartement qu'on m'avait assigné au casino, je n'avais pas vu Allegri et je ne l'avais pas regretté. J'étais bien décidée à conserver ma réserve et à contrecarrer la réaction instinctive qu'il provoquait en moi.

Je tenais à faire bonne impression durant ma période d'essai, pour garder une chance de sauver mon honneur, mais aussi les finances de ma famille et Belle Rivière. Allegri nous avait tirées des griffes de Carsoni et débarrassées de notre affreuse dette, mais la propriété restait lourdement hypothéquée, et la maison elle-même était délabrée et démeublée. Jude avait proposé de la transformer en *bed and breakfast* pour couvrir les frais d'entretien, mais pour ce faire, il faudrait investir. Un nouvel emploi offrant de bonnes perspectives pourrait nous assurer le capital dont nous avions désespérément besoin… À condition, toutefois, que Dante Allegri me propose un emploi longue durée.

Allegri… Ou plutôt Dante. Dieu merci, il ignorait que je n'avais aucune pratique de ce genre d'événement de haut vol. Ma mère avait été exclue de la haute société, à la fois en Angleterre et en France, et ma seule expérience dans ce domaine se résumait aux années que j'avais passées à observer les filles à papa en pension, et plus récemment à faire le ménage dans les maisons de riches privilégiés.

Mais si je n'avais pas de statut social, j'étais forte en mathématiques et en probabilités. Ce qui devrait satisfaire mon nouveau patron. Joseph Donnelly m'avait en effet révélé que Dante était un homme pragmatique. Si je pouvais lui faire un compte rendu chiffré de ce que chacun était prêt à miser – les risques qu'il prenait ou ne voulait pas prendre, ce qu'il gagnait et ce qu'il perdait, s'il bluffait souvent ou non – j'amasserais une masse de données dont il saurait user à son avantage. J'avais d'ailleurs déjà mis au point une série de formules susceptibles de me permettre d'engranger ces renseignements. Mais surtout, il me faudrait le convaincre qu'il ne s'était pas trompé en m'offrant cette chance.

— Mademoiselle Trouvé, bienvenue à la Villa Paradis. Je m'appelle Collette et je suis l'intendante de la villa de M. Allegri, me dit une femme d'un certain âge dans un anglais parfait. Pascal va porter vos bagages à la maison d'invité que M. Allegri vous a attribuée. J'espère que le voyage ne vous a pas trop fatiguée ?

— Pas du tout. C'était parfait.

Ce voyage avait été pour moi une expérience inédite, car jamais je n'étais montée à bord d'un hélicoptère.

Collette m'adressa un sourire chaleureux.

— Très bien. Je vais vous montrer votre pavillon où j'ai demandé qu'on vous serve un déjeuner léger, mais si vous avez besoin de quoi que ce soit, n'hésitez pas à me le dire.

— Merci, répondis-je, déroutée par son comportement.

Après tout, j'étais l'employée de Dante, pas son invitée.

— J'ai pensé que vous auriez envie de vous reposer une heure, avant votre rendez-vous avec la styliste, ajouta-t-elle, et je l'ai donc repoussé à 15 heures, si vous en êtes d'accord.

— Oui, mais… Quelle styliste ? demandai-je, de plus en plus déconcertée.

— M. Allegri a demandé à Nina Saint Just de la Roche de revoir votre look.

Il s'agissait d'une maison de mode et de design parisienne si célèbre que j'en avais entendu parler.

— Mon look ? murmurai-je en rougissant.

Mise à part la robe d'occasion que j'avais portée le soir où j'avais rencontré Dante, ma garde-robe consistait en une série de jeans et de T-shirts plus ou moins usés. Mais Joseph m'avait déjà proposé une avance sur salaire, et j'avais fait les soldes en ligne pour ne pas avoir l'air d'une vagabonde ramassée par Dante dans le ruisseau. Si je voulais jouer le jeu, ma garde-robe avait son importance. Mais une styliste de la classe de cette Nina ? Cela me coûterait sans doute davantage que ce que j'allais gagner.

— M. Allegri ne vous en a pas informée ? demanda Collette avec un charmant sourire, comme si cela ne la surprenait pas.

— Non.

Elle leva les yeux au ciel en poussant un léger soupir.

— Les hommes…, murmura-t-elle avec une petite grimace de conspiratrice en me guidant vers un sentier ombragé par des palmiers.

Le parfum des massifs de lis et de roses se mêlait à l'air marin.

— M. Allegri arrivera après déjeuner. Il a proposé que vous dîniez avec lui à la suite de votre séance d'essayage.

Loin de m'apaiser, les propos désinvoltes de Collette n'avaient fait qu'accroître ma panique.

Quelques heures plus tard, le cœur serré, je traversai la salle de bal pour remonter vers la mezzanine. J'étais bien décidée à faire bonne impression, mais la séance d'essayage ne s'était pas très bien passée. Alors que je cherchais à dépenser le moins possible, la styliste et ses trois assistants avaient insisté pour que je me débarrasse de tous les vêtements que j'avais apportés et que je renouvelle entièrement ma garde-robe.

J'étais donc revêtue d'un fourreau de satin rouge feu choisi par la styliste dans sa collection de prêt-à-porter. Ma chevelure en général incoiffable avait été domestiquée, et une cascade de boucles me couvrait le dos. Quant à mon maquillage, il était l'œuvre d'une équipe d'esthéticiennes arrivée à la villa une heure plus tôt.

En marchant, je sentais le satin luxueux caresser ma peau. Cette robe était absolument exquise, la plus belle et la plus chère que j'aie jamais portée. La styliste en avait parlé comme d'une simple tenue de cocktail, tout en prenant mes mesures pour une série de robes plus habillées en vue des divertissements organisés par Dante la semaine suivante. C'était peu de dire que tout cela m'avait intimidée, et je me demandais de quels divertissements il pouvait s'agir.

Je longeai la galerie qui surplombait la salle de bal. Le décor impressionnant n'était pas fait pour me mettre à l'aise – tapis de soie qui étouffaient le bruit de mes pas, murs décorés d'œuvres contemporaines, gypseries et lustres étincelants. Je ne me sentais plus moi-même et, quand je m'étais vue dans la glace après la séance de maquillage, je ne m'étais pas reconnue.

Durant le dîner, il me faudrait avouer à Dante une vérité que j'aurais préféré garder cachée : en fait, j'avais beaucoup de mal à m'adapter à ce monde. À son monde. Et je redoutais de commettre un impair catastrophique, de dire quelque chose de gauche ou de déplacé, de m'adresser à quelqu'un de la mauvaise façon. Certains invités pouvaient très bien avoir connu ma mère, ou avoir entendu parler d'elle. Et il m'était impossible de m'offrir cette garde-robe.

Gaston, mon guide, un jeune homme au sourire chaleureux, ouvrit une large porte et me fit pénétrer dans une pièce aussi grande que le rez-de-chaussée de Belle Rivière. Dante se tenait à l'autre bout de la vaste salle à manger et sa haute silhouette se découpait sur les jardins éclairés à l'extérieur. L'extrémité d'une longue table qui occupait une grande partie de la pièce avait été dressée pour deux avec des cristaux anciens et de la porcelaine fine.

Un dîner en tête à tête ?

— Bon appétit, mademoiselle Trouvé.

Gaston s'inclina avant de se retirer et de fermer la porte derrière lui. De nouveau, je me sentis gagnée par un sentiment d'imposture. Mais dès que Dante se tourna vers moi, mon malaise se mua en un trouble intense.

— Bonjour, dis-je d'une voix altérée, en me dirigeant vers lui.

Les lèvres de Dante se retroussèrent en un sourire

ironique qui m'exaspéra au plus haut point. Son regard brûlant se posa sur ma robe dont le satin soyeux me parut soudain plus rugueux que du papier de verre.

— Je vois que Nina a fait du bon travail. Vous êtes absolument exquise, *bella*.

Ces mots firent courir sur moi une onde brûlante.

— Merci, répondis-je avant de me mordre les lèvres.

Parle-lui maintenant.

— Il y a un problème ? s'enquit-il, devinant ma nervosité. Vous n'aimez pas votre robe ?

— Si, mais…

— Mais quoi ?

— Je ne peux pas me l'offrir. Je ne peux rien m'offrir de tout ça.

— Allons, c'est moi qui paie ! dit-il en riant.

— Mais… Vraiment ? balbutiai-je, complètement dépassée.

Il haussa les épaules.

— Bien sûr. Il faut que vous puissiez tenir votre rôle, Edie. Évidemment, certains croiront que vous êtes ma maîtresse.

— Votre maîtresse ? répétai-je en rougissant.

— Ça vous pose problème ?

Son visage se durcit, et j'eus l'horrible impression qu'il avait pris mon embarras pour une insulte.

— Non… Pas du tout… Mais je ne m'attendais pas à ce que vous payiez mes vêtements. Ni à ce que vous me versiez un salaire aussi généreux.

Ses muscles se relâchèrent, et il sourit à nouveau.

— Cela fait partie du job, *bella*. D'ailleurs, si vous y tenez, vous pourrez me rendre ces vêtements une fois l'événement terminé. Mais je doute de pouvoir les porter.

J'éclatai de rire, et son sourire s'élargit. Il s'approcha et m'effleura la joue du bout du pouce.

— Et ce bleu, il est guéri ? Ou est-ce grâce au maquillage ?

Je frémis tout entière, tout en essayant de me raisonner.

Après tout, son inquiétude n'avait rien d'extraordinaire, et il se comportait simplement en employeur attentionné. La seule raison pour laquelle j'en étais émue, c'est que jamais encore un homme ne m'avait regardée de cette façon, comme s'il se préoccupait vraiment de mon état.

— Oui, ça va mieux, merci.

— J'en suis ravi.

Il laissa retomber sa main, et j'éprouvai une impression bizarre, comme du regret. Il tendit alors le bras et désigna la table devant nous. Au même moment, deux serveurs entraient dans la pièce.

— Si nous nous asseyions ? proposa-t-il. Après tout, c'est un dîner de travail, et nous avons beaucoup à discuter au sujet de la semaine prochaine.

Comme je prenais place en face de lui, mon cœur fit un bond dans ma poitrine. Je me concentrai sur les plats que me présentèrent les serveurs, tout un assortiment de salades, du pain frais et de la charcuterie.

J'allais devoir avouer mon manque absolu de qualification pour ce travail. La panique que j'avais ressentie lors des essayages n'en était qu'une illustration.

Dante me versa un verre de vin que j'avalai d'un trait, tandis qu'il me désignait les terrines, sur la table.

— Monsieur Allegri, il faut que je vous avoue…

— Appelez-moi Dante. Vous n'êtes pas une serveuse, vous faites partie de mon équipe.

Il me regarda d'une façon si intime que je rougis une fois de plus jusqu'aux cheveux.

— Dante, je ne suis pas certaine d'être celle que vous croyez.

— Que voulez-vous dire ? demanda-t-il avant d'avaler une gorgée de vin.

Sous son regard scrutateur, je m'empourprai de plus belle. Bien qu'étant une enfant illégitime je n'avais pas honte de mes origines. Je n'avais pas connu mon père, certes. Fruits d'une liaison extraconjugale, ma sœur et moi n'avions pas été reconnues. Pourtant, je n'avais jamais rougi du comportement de ma mère.

À bien des égards, elle s'était montrée frivole et irresponsable, très égoïste aussi, et inconsciente – en particulier avec les hommes mariés. Cependant, elle était aussi aimante et pleine de gaieté. Les tabloïdes s'étaient plu à rapporter dans les moindres détails ses exploits, ses liaisons, son mépris des convenances et son absence de scrupule. Elle avait bien tenté de nous protéger mais, en pension, on n'avait pas manqué de me rapporter tous les ragots que suscitait sa conduite scandaleuse. On la traitait de briseuse de ménage, ou de traînée. Pendant des années, j'avais dû me battre pour défendre son honneur, même si je savais au fond de moi qu'elle n'en avait aucun. Une seule fois, je lui avais fait des reproches au sujet d'un de ses « protecteurs », parce que les tabloïdes racontaient qu'elle avait brisé le mariage d'un acteur célèbre. À l'école, nos camarades, à Jude et à moi, avaient fait de notre vie un enfer. Elle m'avait répondu en riant : « Si sa femme voulait le garder, elle aurait dû faire plus d'efforts pour le divertir. »

Mais alors que je me trouvais aujourd'hui face à Dante, il m'était difficile de lui exposer la façon dont j'avais été élevée sans regretter de ne pas avoir reçu une autre éducation.

— Peut-être, à cause de Belle Rivière, avez-vous eu l'impression que…

J'avais la gorge nouée et peinais à trouver les mots justes.

— Parce que je suis une aristocrate, vous devez penser que je connais les rouages de la haute société… Mais en fait, ce n'est pas du tout le cas.

Il n'eut pas l'air troublé par cette révélation.

— Vous êtes pourtant la petite-fille d'un duc anglais, n'est-ce pas ?

Mon cœur se serra. Ainsi, il était au courant de toutes ces rumeurs.

— Notre mère a toujours subvenu à nos besoins,

répondis-je. Je n'ai jamais rencontré ni mon grand-père, ni mon père qui ne m'a pas reconnue.

J'essayai de prendre un ton détaché. Jusque-là, les circonstances de ma naissance ne m'avaient pas posé problème, même si mon père avait préféré m'ignorer. Mais pour la première fois, au lieu de me sentir hostile ou indifférente vis-à-vis de mon géniteur, j'aurais voulu pouvoir me prévaloir devant Dante du pedigree qu'il m'avait refusé.

Je tenais à garder cet emploi, et pas seulement pour l'argent. Je ne voulais pas perdre l'occasion de faire mes preuves. Et puis, j'avais terriblement envie de passer ces dix jours en compagnie de Dante. Car il me fallait le reconnaître : depuis qu'il m'avait secourue, une semaine plus tôt et qu'il était intervenu miraculeusement pour trouver une solution à nos problèmes, sans même parler de ce mémorable baiser, j'étais folle de lui. Quand il avait dit que certains nous croiraient amants, j'avais eu une drôle de réaction : au lieu de me sentir embarrassée ou humiliée, j'avais éprouvé de l'orgueil et de l'excitation.

— J'ai été élevée dans des écoles privées, continuai-je alors qu'il me jaugeait du regard. Mais jamais je n'ai assisté à un événement comme celui que vous préparez.

Son regard se fit plus perçant encore. Cette information l'irritait-elle ? Le décevait-elle ?

— Pourquoi me dites-vous tout ça ?

Cette question m'embarrassa. N'était-ce pas évident ?

— Je ne veux pas vous décevoir. Je ne connais aucun des noms qui figurent sur la liste des invités. Certains d'entre eux ont peut-être connu ma mère, et savent aussi que je suis une…

Je repris mon souffle et détournai le regard du sien pour fixer l'obscurité de la nuit. Le mot était difficile à prononcer, et j'avais toujours su d'ailleurs qu'il ne me définissait pas, mais je devais me montrer honnête. En aucun cas, je ne voulais nuire au travail que Dante m'avait confié. Il m'avait offert une garde-robe somptueuse, logée dans une de ses villas d'invités, proposé un salaire à quatre chiffres pour deux semaines de travail et il me traitait avec respect. Il avait même l'air ravi que des gens puissent penser qu'on sortait ensemble. Il avait cru en moi comme aucun autre homme auparavant, pas même mon propre père – surtout pas mon propre père. Mais comment prendre ce qu'il m'offrait en toute loyauté, si cela risquait de compromettre la mission qu'il m'avait confiée ?

— Que vous êtes quoi ? s'enquit-il en plongeant son regard dans le mien.

— Une bâtarde, répondis-je dans un souffle. D'après M. Donnelly, cet événement devrait réunir un public raffiné et donner à l'enseigne Allegri davantage de prestige et de renommée.

Son visage s'assombrit encore, et son expression demeura très tendue. J'avais dû l'irriter par mes révélations, je le comprenais maintenant, même s'il s'efforçait de ne pas le montrer. Mes espoirs s'évanouirent. Il allait me virer, évidemment. Comment avais-je pu croire que je réussirais à lui cacher qui j'étais en réalité ?

— Je ne voudrais pas que ma présence entache l'événement ou nuise à l'image de votre compagnie.

12.

Je demeurai immobile, stupéfait, non pas par les révélations d'Edie – après tout, j'étais déjà au courant de tout cela – mais par la franchise et l'angoisse que j'avais lues sur son visage pendant qu'elle me parlait de ses origines. Je serrai les mâchoires pour cacher mon émotion et tenter de la refouler, dans la mesure du possible.

Mais en dépit de mes efforts, ma rage contre tous les salauds qui l'avaient humiliée à cause des circonstances de sa naissance laissa vite place à un sentiment beaucoup plus perturbant. Je compris en effet qu'elle avait été soumise aux mêmes mesquineries et aux mêmes insultes, aux mêmes jugements cruels, que ceux que j'avais subis durant toute mon enfance.

Elle posa sa serviette sur la table et se leva.

— Il faut que je parte, dit-elle.

Je la rejoignis aussitôt pour la prendre par le bras, avant qu'elle puisse s'enfuir.

— Où allez-vous ?

— Vous ne voulez pas que je m'en aille ?

— *Bella*…, commençai-je, sans pouvoir endiguer le courant de sympathie qui me submergeait devant sa détresse. Comment pouvez-vous penser une chose pareille ?

— Mais je viens de vous dire que ma mère était une… balbutia-t-elle sans pouvoir prononcer le vilain mot qu'elle devait avoir entendu des centaines de fois. Tout le monde le savait, Dante, et je ne voudrais pas que…

— Chut ! soufflai-je en posant un doigt sur ses lèvres.

Ma mère faisait le même métier que la vôtre, mais dans la rue, à Naples. Jamais depuis mon enfance, je ne l'ai avoué à quiconque. Elle ramassait des types pour trois sous et parfois même elle les ramenait dans la misérable chambre où nous vivions. Mon plus ancien souvenir, ce sont les bruits d'une de ces séances que j'entendais depuis mon petit lit.

Visiblement choquée, Edie écarquilla les yeux. La réalité crue de mes origines se reflétait sur son visage. Je m'étonnai encore de lui avoir fait pareille révélation. Mais elle s'était confiée à moi, non pas pour éveiller ma pitié, mais par égard pour la réputation de ma compagnie. Cela avait touché une part de moi-même que je croyais inaccessible.

Je pris son visage entre mes mains et, en la voyant rougir, j'éprouvai de nouveau le désir de poser ma bouche sur la sienne et de la dévorer de baisers.

Elle n'était pas innocente – comment aurait-elle pu l'être, dans un pareil contexte ? Elle avait été élevée à la dure, tout comme moi. Sans doute avec plus de raffinement, mais nous avions tous deux souffert de la méchanceté et des préjugés des autres. Et cela nous liait d'une façon qui ne me plaisait guère.

— Désolée, Dante, dit-elle en posant sa main sur la mienne. Ça a dû être horriblement traumatisant pour un petit garçon.

Ces paroles de consolation et son regard chaleureux me déstabilisèrent. Désormais, lequel de nous deux réconfortait l'autre ? Je retirai ma main, horrifié par sa pitié et plus encore par ce qu'elle me forçait à éprouver. Ni de la colère, ni de l'irritation, mais tout simplement de l'émotion.

— Votre mère, quelle vie horrible elle a dû avoir, ajouta-t-elle.

Je reculai. Était-elle sérieuse ? Je haïssais ma mère depuis si longtemps pour la vie qu'elle m'avait fait mener, pour la façon dont elle m'avait jeté, comme un déchet. Je ne voulais pas de la compassion d'Edie et, encore moins, qu'elle prenne en pitié cette femme.

— Cela fait si longtemps, *bella,* répondis-je avec une feinte indifférence.

En lui confiant les détails sordides de mon enfance, je m'étais mis en danger. Pourquoi avais-je fait ça ? Parce que je la désirais comme un fou ?

— Mon enfance m'a donné les clés qui m'ont permis de devenir l'homme que je suis aujourd'hui.

— Je comprends, dit-elle, les yeux toujours brillant de sympathie.

Mais elle ne pouvait pas comprendre, hélas.

Mon enfance m'avait rendu impitoyable, prêt à tout pour échapper à ma condition première et en arriver là où j'en étais maintenant.

— Vous avez travaillé si dur pour votre entreprise, continua-t-elle. C'est pour cette raison que je tenais à ce que vous sachiez que…

— Je le savais déjà, dis-je pour couper court à sa confession et au malaise qu'elle faisait naître en moi. *Bella,* j'ai fait des recherches à votre sujet avant de vous engager. Peu m'importe les liens que vous avez ou non avec la haute société.

— Mais si je représente Allegri Corporation… Joe Donnelly m'a dit…

— Vous vous êtes mal compris.

J'allais devoir m'expliquer avec mon ami pour mettre au clair ce qu'il avait effectivement raconté à Edie. Sans doute Edie avait-elle mal interprété les propos de Joe, qui était tout aussi bâtard que moi.

— Ce qui m'intéresse, c'est votre intelligence et votre capacité à évaluer la prise de risque de mes invités, répétai-je. C'est pour ça que je vous ai embauchée et que je vous paie. Tous les soirs, lorsque nos hôtes seront couchés, nous ferons un débriefing avec les autres membres de mon équipe, sans doute à 2 ou 3 heures du matin. En affaires aussi, je suis un oiseau de nuit.

Je marquai une pause, avant de poursuivre.

— Nous nous réunirons chaque matin également. Vous me fournirez alors une analyse écrite des événements de la journée, comportant toutes les informations utiles. Je veux que vous soyez mes yeux et mes oreilles aux tables de jeux quand je ne m'y trouverai pas. Croyez-moi, votre rôle ne sera pas facile. Je me moque de votre ascendance, ce qui compte pour moi chez une employée, ce sont les résultats. Plus important encore, si vous avez l'impression qu'un convive vous méprise, il faudra me le dire. Comme je vous l'ai déjà expliqué, nul n'est plus bâtard que moi. Quiconque vous méprisera me méprisera donc aussi, et il n'est pas question que je fasse affaire avec ce genre d'individu.

Je regrettai une nouvelle fois de m'être confié à Edie, car elle me regardait à présent comme si j'étais un héros.

— Je ne vous décevrai pas, souffla-t-elle.

Elle semblait si sincère et impatiente de faire ses preuves que cela me mit mal à l'aise.

Son intelligence, ses dons en statistiques et sa capacité à analyser le jeu à une table de poker n'étaient pas les seules raisons qui m'avaient poussé à l'embaucher. Mon regard s'attarda sur le tissu soyeux qui moulait ses courbes comme les mains d'un amoureux, et la passion rejaillit en moi avec violence.

— Pourtant, ce n'est pas la seule raison pour laquelle je vous ai proposé ce job, déclarai-je, bien décidé à me montrer aussi honnête qu'elle, afin de mettre définitivement un terme à l'attirance qui nous unissait. Pendant ces dix jours, il faudra m'obéir au doigt et à l'œil…

Une veine se mit à battre au creux de son cou.

— Comment ? dit-elle d'une voix plus aiguë, tandis que ses grands yeux se faisaient plus sombres.

Il fallait qu'elle comprenne à quoi je faisais allusion. C'est elle qui avait pris l'initiative de ce fichu baiser qui avait enflammé mon imagination et me tenait éveillé toutes les nuits.

— Je crois que vous savez de quoi je parle, dis-je.

Incapable de refréner plus longtemps mon désir de la toucher, je levai la main pour effleurer une mèche que le coiffeur avait laissée libre. J'eus bien du mal à résister à la tentation de poser les lèvres sur sa bouche pour satisfaire la soif que j'avais d'elle. Il fallait que ce soit Edie, qui fasse le premier pas. Pour que tout soit clair, qu'il n'y ait aucune confusion entre l'emploi que je lui avais proposé et sa décision de coucher ou non avec moi. Donc je laissai retomber ma main.

Sa respiration se fit haletante, tandis que ses seins se soulevaient et s'abaissaient frénétiquement sous le satin de son corsage.

— Entre nous, *bella,* l'alchimie est démente, et ce serait de la folie de ne pas en profiter.

Elle s'humecta les lèvres du bout de la langue, et mon regard s'attarda sur sa bouche où j'avais tellement envie de poser la mienne.

— Quoi qu'il se passe entre nous, ce sera toi qui décideras, continuai-je d'une voix rauque. Sans aucune interférence avec notre travail. Tu me comprends bien ?

Elle acquiesça. Sur son visage, les émotions défilaient – étonnement, confusion et désir. Cela m'aurait amusé, si une érection n'avait pas retenu toute mon attention. Au moins, elle n'avait pas peur.

Soudain, un groupe de serveurs pénétra dans la pièce pour apporter de nouveaux plats, et j'invitai Edie à s'asseoir.

— Je suis heureux que tout soir clair entre nous. Et maintenant, si tu veux bien poursuivre notre dîner, nous allons aborder le sujet dont nous avions prévu de parler.

La suite du repas fut pour nous deux une véritable torture. Chaque fois qu'elle portait à sa bouche désirable un fragment de nourriture ou que la lumière des bougies illuminait son décolleté, mon désir se déchaînait de façon presque insupportable. Pourtant, je réussis à me concentrer sur notre relation professionnelle. Ma seule consolation fut de voir qu'elle avait autant de mal que moi à s'en tenir à ce genre d'échange courtois. Nous parvînmes pourtant à garder nos distances jusqu'à la fin du repas.

Je n'eus aucun mal à découvrir qu'Edie était aussi brillante et intuitive que je l'avais imaginé et je fis en sorte de la convaincre que je n'exercerais aucune pression sur elle avant qu'elle soit décidée. Pourtant, en lui souhaitant bonne nuit, je ne pus m'empêcher de porter ses doigts tremblants à mes lèvres. En l'embrassant, je fus satisfait de voir la rougeur qui lui monta aux joues sans qu'elle puisse la dissimuler.

— Je reviendrai dans deux jours, lui dis-je.

Je fus un peu déconcerté de voir ses épaules s'abaisser, comme si elle se sentait soulagée. Peut-être ne m'étais-je pas montré aussi inoffensif que je l'espérais. Il allait falloir que j'y travaille.

— Nous pourrons donc déjeuner ensemble avant que les invités n'arrivent dans l'après-midi.

— Très bien, je vais travailler sur les formules dont je vous ai parlé, répondit-elle.

La discussion que nous venions d'avoir m'était complètement sortie de l'esprit.

— Parfait. J'ai hâte de voir ça. Bonne nuit, *bella*.

Mais avant qu'elle ait pu quitter la pièce, je m'empressai d'ajouter :

— N'oublie pas qu'en dehors du travail tu es parfaitement libre d'agir à ta guise.

— Je le sais, Dante, répondit-elle, et la lueur de bonheur qui brillait dans son regard produisit sur moi un étrange effet.

Comme elle sortait de la pièce, je me rendis compte que mon cœur battait follement dans ma poitrine.

Du calme, mon vieux.

Je retournai m'asseoir pour siroter le reste de mon vin, et tentai de refréner le désir qui m'avait taraudé toute la soirée. Au fond, mieux valait que je parte durant les deux prochains jours. À mon retour, je n'aurais plus une minute à moi, Edie non plus, et je serais bien obligé de me concentrer sur le travail, plutôt que sur la jeune femme qui occupait à cet instant toutes mes pensées.

Je ne lui avais pas menti, cette réception d'une semaine revêtait une importance primordiale pour mes affaires. Et je n'étais pas prêt à laisser la passion que m'inspirait Edie Trouvé contrecarrer ce projet planifié depuis des mois. J'avais en tête de développer Allegri Corporation et j'avais besoin d'investisseurs en qui j'aie pleine confiance. Le choix de mes futurs partenaires financiers était crucial. Je ne pouvais me permettre de me laisser distraire.

Mais si Edie se révélait aussi douée pour ce travail qu'elle le semblait, nous aurions toute la fin de la semaine pour nous faire plaisir. Si tant est qu'elle en ait encore envie.

Je passai le doigt sur le bord de mon verre en regardant le vin rouge s'enflammer à la lueur des bougies. En moi, le désir se fit plus brûlant et, soudain, je sentis mon cœur se serrer.

Et si elle n'en avait pas envie ?

Je pris une gorgée de ce grand cru et laissai sa saveur fruitée imprégner ma bouche. Cette incertitude me rappelait désagréablement l'enfant que j'avais été. Prenant conscience de l'impasse où me menait ce genre de pensées, je laissai échapper un rire amer dont le son rauque se répercuta sur les meubles anciens qui avaient jadis appartenu à un prince portugais. Désormais, c'est à moi qu'ils appartenaient.

Ne fais pas l'idiot, Dante. Elle te désire tout autant que tu la désires, et tu n'es plus un gosse des rues.

Oui, elle me désirait. Nous étions liés par cette attirance purement sexuelle, alchimique.

13.

Éblouie par la lumière éclatante du matin qui entrait par la vaste baie de ma chambre, je consultai le téléphone dernier cri que Joseph Donnelly m'avait remis une semaine plus tôt, en même temps que le reste de mon équipement de travail.

J'étais absolument ravie à la perspective d'entamer une nouvelle journée au sein de l'équipe d'élite de Dante. La nuit précédente, nous nous étions couchés à 2 heures après la séance de débriefing. Dante l'avait présidée dans son bureau et, malgré l'heure avancée, chacun débordait encore d'énergie et d'enthousiasme.

J'en étais arrivée à aimer ces réunions tardives qui débutaient une fois les invités retirés dans leurs villas. En plus de moi et de Dante, deux autres femmes et trois hommes étaient présents, tous un peu plus âgés que moi. Nous mettions en commun nos comptes rendus individuels et nos remarques sur ce qui était advenu durant la journée et la soirée. La veille, le gestionnaire d'événement de Dante avait loué une flottille de yachts et de voiliers pour emmener les invités et l'équipe pique-niquer sur une île privée au large de la côte. Un déjeuner somptueux – qui n'avait rien à voir avec un pique-nique – avait été servi, suivi par une séance de ski nautique, de snorkeling et de bain de soleil pour les moins sportifs. Puis, dans la soirée, un barbecue avait été proposé avant le retour de nuit pour une session de poker et de blackjack. Adroitement, Dante avait remis à l'ensemble des invités pour plus de cent mille euros de jetons en leur promettant qu'ils pourraient conserver tous leurs gains de la semaine, sans devoir s'acquitter de leurs pertes.

La nuit précédente et pour la première fois, je m'étais réellement montrée brillante au poker. Tout le monde était beaucoup plus détendu que le premier soir et avait donc parié plus librement, ce qui m'avait permis de rassembler davantage de renseignements sur la prise de risque. J'avais ensuite exposé mes découvertes à l'ensemble de l'équipe, durant notre réunion nocturne, ce qui m'avait valu les félicitations de Dante.

Enfin, je faisais mes preuves, légitimant la confiance qu'il m'avait témoignée. Je me sentais membre à part entière de son équipe, ce qui me grisait.

Je sautai du lit et me rendis dans le dressing attenant où je trouvai un assortiment de maillots de bain choisis par Nina. Jusque-là, je m'en étais toujours tenue au une pièce, car j'étais trop timide pour me montrer devant Dante dans les minuscules bikinis qu'elle avait sélectionnés.

Je rougis en repensant à ce qui s'était passé la veille. Dante m'avait demandé de me joindre au groupe qui rentrait de nuit en voilier à la Villa Paradis. Comme il m'avait dévorée des yeux durant tout le souper, j'avais redouté qu'il profite du trajet pour se rapprocher de moi. Il n'en avait rien fait, évidemment. Depuis que nous avions dîné ensemble quatre jours auparavant, il s'était toujours montré parfaitement professionnel vis-à-vis de moi.

Je tirai d'un tiroir les trois petits triangles de Lycra bleu et les enfilai. Jamais encore je n'avais porté de bikini, ce qui était sans doute une hérésie, si on considère que je suis à demi française. Je n'avais pas honte de mon corps, car j'avais hérité de la minceur et des courbes de ma mère. Seulement, je n'avais jamais porté une tenue aussi révélatrice.

Néanmoins, au lieu de me sentir trop exposée, je fus immédiatement à l'aise. J'imaginai que Dante me regardait et que je lui plaisais, qu'il aimait mes seins moulés dans ce tissu léger, la rondeur de mes hanches et mon ventre plat. Je me sentais soudain si jeune, si vivante et si libre… Et tout ça, grâce à lui, qui nous avait libérées de nos dettes, ma sœur et moi. Surtout, il croyait en moi.

Travailler pour Dante était d'autant plus agréable que je n'avais pas à me soucier du quotidien. J'étais logée, blanchie et nourrie. Et après toutes les années que j'avais passées à m'inquiéter de l'avenir, j'avais envie d'en profiter. Enfin, je comprenais ce que cela signifiait, d'avoir vingt et un ans, d'être jeune et libre.

Je respirai un grand coup et repoussai le pashmina dont j'avais projeté de me couvrir les épaules. J'enfilai une paire de sandales et pris une serviette dans la salle de bains.

La propriété était bordée de trois plages privées auxquelles on accédait par des escaliers depuis les jardins. Deux d'entre elles étaient agrémentées de douches chaudes pour se rincer avant de regagner sa villa, de chaises longues, et même d'un bar où on servait à boire et à manger dès 11 heures. Mais deux jours plus tôt, j'avais découvert à l'extrémité du cap, une minuscule crique de sable blanc équipée d'une douche et d'un cabanon meublé d'un sofa et d'un réfrigérateur bien garni. Les invités devaient trouver l'endroit trop spartiate, car je n'y avais rencontré personne quand j'y étais allée nager de bon matin.

J'en étais donc arrivée à le considérer comme ma plage privée. À travers les jardins, je me dirigeai vers les marches qui menaient à la crique, respirant à pleins poumons le parfum des fleurs, écoutant le glouglou des fontaines, admirant la vue sur les maisons aux murs pastel de Villefranche, de l'autre côté de la baie. J'avais un excellent moral et j'étais excitée à l'idée de nager si tôt dans mon petit bikini terriblement sexy.

Personne ne me verrait parce que, à cette heure-là, tout le monde dormait encore : l'équipe n'avait pas projeté de se réunir pour réfléchir aux activités du jour avant deux bonnes heures. C'est à ce moment-là qu'on saurait sur qui il fallait se concentrer et qui Dante avait déjà rayé de la liste des investisseurs possibles. De toute façon, en général, aucun des invités n'émergeait avant midi.

De mon côté, j'étais ravie à l'idée d'aller nager seule, vêtue de ce minuscule maillot.

Derrière l'une des folies du jardin – une pagode japonaise qui jouxtait un étang rempli de carpes koi – je rejoignis l'entrée discrète de l'escalier et dévalai les marches taillées dans le roc avant de m'arrêter net en arrivant à la terrasse qui surplombait la crique. Quelqu'un traversait la baie à la nage, ses larges épaules et sa chevelure brune apparaissant à un rythme régulier au milieu des vagues.

Dante.

Je l'identifiai immédiatement à sa façon de bouger, fendant l'eau de son corps puissant qui se frayait droit un chemin, en dépit des vagues. Sur le sable, je remarquai une petite pile de vêtements. Nageait-il nu ? Le souffle coupé par cette pensée déplacée, le cœur battant à se rompre, je vacillai et me plaquai contre la falaise, dissimulée par un buisson de lavande qui poussait dans une crevasse. Ainsi, je pourrais l'observer sans qu'il me voie.

Je le dévorai des yeux. Mes seins se gonflèrent et se tendirent sous le haut de mon bikini, soudain trop petit. Dante finit par revenir vers le rivage et sortit de l'eau en s'ébrouant. À ce spectacle, ma respiration s'accéléra.

Sur son torse puissant, dessiné comme une œuvre d'art, des gouttes d'eau étincelaient au soleil, lui donnant l'éclat de bronze d'une statue antique. Un roi de la mer, tel Poséidon, puissant et indomptable. J'étais à cinquante mètres de lui et, heureusement, à cause du bruit des vagues, il ne pouvait pas entendre mon souffle précipité, tandis que je guettais le moment où il émergerait de l'eau tout entier. À cette distance, j'aperçus, se détachant sur son hâle, de nombreuses cicatrices blanches et, sur son épaule gauche, un tatouage noir d'encre qui s'enroulait à la base de son cou. Mon cœur se serra alors au souvenir des terribles révélations qu'il m'avait faites au sujet de son enfance. Il n'avait pas voulu de ma sympathie et semblait avoir regretté de s'être confié à moi.

Dès qu'il eut entièrement émergé, toute pensée cohérente m'abandonna. Il était bel et bien nu… et magnifique. Je savais que j'aurais dû détourner le regard – j'étais en train de l'épier – mais j'en étais incapable, tellement je le trouvais superbe. Une taille mince, des hanches étroites, un ventre plat et musclé, de longues jambes aux cuisses puissantes… Je me sentis traversée par une vague de désir si frénétique que je chancelai. Mes yeux descendirent encore.

Son sexe était d'une taille impressionnante. Alors que j'avais cru entendre que les hommes avaient tendance à se contracter dans l'eau froide…

L'excitation en moi se disputait à la panique. Je restais immobile, alors que ma raison me criait de m'éloigner et de remonter l'escalier avant qu'il ne me voie.

S'il s'apercevait de ma présence, je perdrais le peu de contrôle qui me restait. La passion aurait le dessus, et je céderais à la faim qui me tourmentait depuis notre première rencontre et notre premier baiser.

Je tentais de me ressaisir, tandis qu'il se séchait vigoureusement avec une serviette prise sur le haut de la pile de vêtements. Il me restait une chance d'échapper à ce désir, à ce besoin, mais tout mon corps était tourné vers cet homme beau comme un dieu. Soudain, je n'eus plus qu'une idée en tête, découvrir ce que c'était de devenir la maîtresse de Dante. Serais-je totalement dominée par cette faim qui me terrorisait depuis le jour de notre rencontre ? Ou parviendrais-je à me maîtriser ?

Il n'était plus l'homme que j'avais fui à Monaco : là-bas, je l'avais perçu comme un être distant et effrayant qui pouvait me détruire d'un claquement de doigts. Mais il ne l'avait pas fait ; au contraire, il m'avait offert une chance de m'en sortir, alors qu'il n'y était pas obligé. Il m'avait averti qu'il n'était pas un gentil garçon et il ne plaisantait pas. Il pouvait se montrer impitoyable. Il était ambitieux et déterminé quand il le fallait et ne devait pas être facile à aimer. Peut-être même était-ce impossible ? Toutefois, il n'était pas question d'amour, entre nous. J'aurais dû être choquée par l'attirance purement sexuelle que je ressentais pour lui, mais ce n'était pas le cas. En fait, il s'agissait pour moi de vivre enfin selon mes désirs. Quoi qu'il arrive, je pouvais lui faire confiance : il rendrait ce moment excitant, spécial, important, il me l'avait promis, et je le croyais.

Non, il n'était pas un gentil garçon, mais au-delà des cicatrices et des tatouages, de sa rude éducation et de sa poursuite acharnée du pouvoir et de la richesse, c'était un homme bon. Il ne me ferait pas de mal, si je ne le laissais pas m'en faire.

Une telle chance ne se représenterait pas. Avoir pour amant, pour premier amant, un homme tel que Dante Allegri…

J'étais prudente par nature, parce que j'avais dû l'être. Mais là, debout sous le soleil éclatant, grisée par ce désir vibrant, je ne voulais plus l'être. Pas cette fois en tout cas. À cause de mon éducation et de mon enfance passée à voir ma mère tomber amoureuse d'hommes puissants qu'elle finissait toujours par quitter, j'étais certaine de pouvoir préserver mon cœur, même si mon corps s'embrasait pour cet homme. Mon corps… J'allais lui donner tout ce dont il avait envie. Tout ce que Dante m'avait promis.

Après avoir enfilé un short, il se séchait les cheveux avec sa serviette. Je sortis de ma cachette et, comme s'il l'avait senti, il releva la tête et s'immobilisa soudain. Son regard brûlant explora chaque centimètre de ma peau si largement exposée, tandis que je descendais, les jambes tremblantes, les dernières marches qui menaient à la plage. Il lâcha la serviette qui tomba sur le sable. L'adrénaline qui affluait dans mes veines me donna la force de traverser la plage. Il ne ferait pas un pas vers moi, à cause de la promesse qu'il m'avait faite. Il me laissait le choix.

Pourtant, en me rapprochant de lui, je vis son regard bleu s'assombrir. Il me désirait autant que je le désirais.

— *Bella…*

En entendant ce mot que j'adorais, je me précipitai vers lui.

— Qu'est-ce que tu es venue faire ici ?

Il paraissait confus, et j'en éprouvai une intense satisfaction. J'avais beau n'avoir aucune expérience, dans ce bikini, je me sentais téméraire, effrontée même. Il m'avait donné le choix, et j'avais choisi.

— Je t'épiais, répondis-je dans un souffle.

Sans crainte. Sans honte.

À mon tour, je laissai mon regard s'attarder sur son corps sans chercher à dissimuler mon excitation. Je vis ses abdominaux se contracter et la bosse dans son short gonfler davantage encore. Cette érection me parut énorme, mais peu importait, je n'avais pas peur. J'avais envie de le sentir en moi.

Il me prit par le menton pour me forcer à le regarder droit dans les yeux.

— Tu joues avec le feu, Edie. À moins que tu n'aies vraiment envie que je te fasse l'amour dans la minute qui vient, tu ferais mieux de partir.

Que je te fasse l'amour.

Ce n'étaient que des mots, bien sûr, des mots pour décrire un désir basique, élémentaire. Mais ils me percèrent le cœur, tandis que je me forçais à sourire, affichant une assurance que j'étais loin de ressentir. Il fallait absolument que je lui dissimule mon manque d'expérience, si je ne voulais pas que notre histoire se termine avant même d'avoir commencé.

Dante ne recherchait pas une relation intime. Sa réaction horrifiée quand je lui avais témoigné ma sympathie, quatre jours plus tôt, suffisait à le prouver. Et moi non plus, en dépit des battements précipités de mon cœur. J'étais vierge mais, contrairement à ma mère, je connaissais d'instinct la différence entre le désir et l'amour… Peut-être à cause d'elle, d'ailleurs, et de toutes les souffrances que je l'avais vue endurer par la faute d'hommes qui désiraient son corps, mais jamais son cœur. Son erreur avait toujours été de croire qu'en leur accordant l'un elle se ferait aimer. Moi, en revanche, j'étais réaliste et je ne commettrais jamais la même erreur.

— Je n'ai pas envie de partir, répondis-je.

Il jura à mi-voix et me prit par les bras pour m'attirer à lui avant de me prendre les fesses pour presser contre mon ventre son sexe dressé. Je plongeai les doigts dans ses cheveux humides, et ses lèvres se posèrent sur ma gorge, à l'endroit précis où battait follement mon pouls.

Il introduisit ses doigts glacés dans mon slip, et je sursautai, choquée par l'intimité du contact de sa main contre mes lèvres qu'il écarta pour trouver le bouton brûlant de mon clitoris.

— *Bella,* tu es déjà tout humide, murmura-t-il contre mon cou, alors que tout mon corps vibrait au rythme de ses caresses.

Il fit glisser le haut de mon bikini et posa les lèvres sur mes seins gonflés par le désir tout en continuant à jouer de son pouce, à petits coups circulaires. L'intensité et l'urgence des sensations que je découvrais m'effrayèrent un court instant, mais les vagues successives de plaisir me firent vite oublier ma peur. Sa bouche léchait les bouts de mes seins, accentuant ces délices. Mes sanglots de plaisir faisaient écho au bruit du ressac. Les vagues qui se brisaient sur les rochers étaient à l'unisson des battements précipités de mon cœur.

— Je veux que tu jouisses maintenant, dit-il.

Mes doigts se crispèrent sur ses cheveux, et tout mon corps frémit, alors que je pressai mon sexe contre son doigt qui semblait avoir localisé le lieu exact de ma jouissance. Je m'effondrai, dévastée par un orgasme si soudain et si intense que j'eus l'impression que la terre tremblait sous mes pieds.

Lorsque je repris conscience, je me rendis compte qu'il me soulevait dans ses bras. J'ouvris les yeux et découvris sous sa barbe matinale une mince cicatrice en forme de croissant qui allait du menton à la lèvre inférieure.

— Merci, chuchotai-je.

— De rien, répondit-il avec un rire un peu rauque tout en m'emportant vers le cabanon avant de me déposer sur une couchette garnie de coussins. Mais nous n'avons pas fini.

Du pouce, il joua avec la pointe de mon sein dressée, et je rougis en pensant au spectacle que je devais offrir, couchée là, languissante et comblée, le haut de mon bikini encore accroché à une épaule.

En souriant, il finit de me l'ôter, et je restai la poitrine nue, allongée sur le dos, frémissant sous son regard brillant d'une lueur sauvage. Son sourire s'éteignit, tandis qu'il dénouait les liens qui retenaient le bas de mon bikini. Il se pencha sur moi et fit courir sa langue sur mes seins gonflés. Je sursautai sous l'effet du désir qui se réveillait en moi. J'avais cru être rassasiée, mais je m'étais trompée.

Le grondement de la mer emplissait mes oreilles, et une brise tiède courait sur ma peau. Sa bouche et ses mains parcouraient mon corps frémissant de vie et de passion. Agitée par des mouvements convulsifs, j'éprouvai un désir si intense qu'il en devenait presque douloureux. Enfin, il posa sa bouche sur mon sexe, pour me procurer une volupté infinie.

Je gémis, déjà au bord de l'orgasme, mais il se releva pour se placer au-dessus de moi, et ses larges épaules dérobèrent soudain le soleil à ma vue.

— N'oublie pas ce que je t'ai dit, *bella*, murmura-t-il à voix si basse que les battements de mon cœur le rendaient presque inaudible.

Il ôta son short, libérant une gigantesque érection. J'eus soudain peur qu'un sexe si long et si épais ne puisse trouver place dans le mien, mais je ne pouvais en détacher mon regard.

— Je n'ai pas de préservatif, mais j'ai trop envie de toi. Je te promets que je suis en parfaite santé et que je me retirerai à temps.

Une goutte humide apparut au bout de son sexe. J'étais si fascinée et émue que je ne pouvais parler, encore moins penser. Je passai la langue sur mes lèvres, les yeux toujours rivés à lui, fière de le mettre dans cet état.

— *Bella*, regarde-moi, m'ordonna-t-il. Tu es d'accord ?

Je relevai la tête. Il paraissait amusé, et je mis un moment à comprendre sa question. Ma rougeur s'accentua encore à l'idée que, devant son érection, je devais avoir le même air qu'une enfant dans une pâtisserie.

— Moi aussi je suis en parfaite santé et, par ailleurs, je prends la pilule, ajoutai-je.

Heureusement, mon médecin me l'avait prescrite pour régulariser mon cycle ébranlé par le stress.

— J'ai envie de te sentir en moi, poursuivis-je pour lui ôter le moindre doute.

— *Grazie Dio*, murmura-t-il d'une voix altérée.

Le cœur battant, je le regardai s'allonger sur la couchette. Ses cicatrices rendaient son corps plus superbe encore, et je sentais contre mes jambes tremblantes et mes seins dressés la puissance de ses muscles, sa peau hâlée et sa chevelure brillante. Il prit ma bouche, et sa langue s'enroula à la mienne, tandis qu'il écartait une de mes jambes. Il avait un goût de sel, de mer, et du musc de mon propre désir. Son baiser s'approfondit encore et devint plus exigeant alors qu'il se positionnait à l'entrée de mon sexe qu'il avait si bien su apprivoiser.

Il s'enfonça en moi d'un mouvement souple. J'éprouvai une vive douleur et ravalai un gémissement de détresse. Je me sentais dominée – conquise.

Il scruta un moment mon visage qui devait refléter le choc et la confusion que je ressentais. Avait-il deviné que j'étais vierge ?

— C'est fou comme tu es étroite, *bella*, murmura-t-il enfin avec un sourire. Je ne te fais pas mal, au moins ?

Je secouai la tête. Heureusement, mon corps commençait à se détendre. Certes, le sexe de Dante, en moi, me paraissait toujours trop gros, pourtant je n'avais pas envie qu'il arrête. Et surtout, je ne voulais pas qu'il connaisse mon secret, qu'il sache que je n'avais pas la moindre expérience. Que j'étais une tricheuse.

— Détends-toi, cela ira mieux.

Il posa sur mes lèvres un tendre baiser avant de se concentrer de nouveau sur mes seins, léchant et suçant leurs bouts sensibles. Il me laissait le temps de m'habituer à lui. De nouveau, je commençais à éprouver des frémissements de plaisir.

Son pouce vint caresser adroitement le bouton de mon clitoris. Mon sexe se détendit suffisamment pour lui permettre de bouger lentement, avec beaucoup de précaution.

— Comment te sens-tu ? demanda-t-il en s'enfonçant plus profondément.

Je ne ressentais plus aucune douleur, mais seulement des vagues successives de plaisir.

— Très bien, répondis-je, émue par le soin qu'il prenait de moi.

Il me prit par les cuisses pour mieux me positionner avant de me saisir les hanches et d'accélérer ses mouvements. Ses doigts s'enfoncèrent dans la chair de mes fesses comme pour me forcer à prendre toute sa mesure. Mes mains agrippèrent ses épaules humides de sueur comme si je voulais m'abriter de l'orgasme cataclysmique qui montait en moi. Je me mis à crier, le corps ravagé par un mélange prodigieux de sensations. Il gémit, et les falaises répercutèrent nos cris en écho, tandis que son sperme chaud jaillissait sur mon ventre.

Il s'effondra sur moi, et je m'accrochai à lui. Son souffle haletant s'accordait au mien. J'avais l'impression de flotter et savourai le contact de l'homme qui avait laissé son empreinte partout sur mon corps.

Le ciel était d'un bleu éclatant au-dessus de moi, le soleil réchauffait ma peau, et mon cœur se gonflait dans ma poitrine. J'avais beau m'efforcer de chasser de mon esprit les images trop romantiques et cette irrésistible impression de bien-être, je n'y parvenais pas. Notre étreinte avait été furieuse et les sentiments que je ressentais étaient aussi intenses qu'effrayants.

Dans les bras de Dante, je me sentais en sécurité.

Et heureuse.

14.

Elle était vierge, espèce d'imbécile !

Elle m'avait bien eu et, maintenant, elle allait exiger de moi bien davantage que ce que j'étais prêt à lui donner.

Mon esprit peinait à envisager sereinement la situation. J'étais conscient d'avoir commis une erreur, mais mon corps baignait dans un tel bien-être que tout regret était difficile. En sentant le ventre d'Edie contre mon érection déclinante, j'éprouvai un soudain regain de désir.

Pure folie ! Comment pouvais-je déjà avoir envie d'elle, après la découverte que je venais de faire ? Troublé, je m'écartai vivement d'elle. Je m'allongeai sur le dos en me cachant les yeux sous mon bras. Je l'avais sentie jouir avant que je cède à mon tour à la jouissance. Cependant, j'étais maintenant dévoré de honte de l'avoir prise avec si peu d'égards, et plus encore d'avoir envie de recommencer.

Je m'efforçai de contrôler mon désir et de calmer ma respiration. J'aurais dû me lever pour l'aider à laver les preuves de nos ébats. Heureusement, je m'étais retiré avant de jouir, même si elle m'avait assuré qu'elle prenait la pilule. M'avait-elle menti à ce sujet ? Mais avait-elle prétendu avoir une expérience sexuelle ? Pourquoi s'était-elle donnée à moi si facilement, si librement ? Je lui avais pourtant bien exposé jusqu'où j'étais décidé à aller. Maintenant, je me sentais un vrai salaud, et ça ne me plaisait pas. Mais ce qui me plaisait moins encore, c'était ce désir urgent de prendre dans mes bras son corps meurtri, tendre et succulent, et de m'excuser de ce que je venais de faire. Si elle était restée silencieuse avant que je la prenne sauvagement, ce n'était pas ma faute. Je lui avais offert la possibilité de se refuser à moi, alors pourquoi n'avait-elle rien dit ? Et maintenant que voulait-elle de moi ?

Je m'attendais à des débordements d'émotion ou à des larmes parce que je l'avais déflorée sans ménagement. Au lieu de cela, je sentis ses doigts se poser sur mon coude. J'écartai le bras de mon visage. Elle me contemplait, les yeux pleins de désir.

— Tout va bien, Dante ? demanda-t-elle d'une voix inquiète.

Je laissai échapper un rire un peu forcé. Voilà qu'elle se faisait du souci pour moi, alors que c'était elle, qui avait souffert.

— Tout va parfaitement bien, répondis-je, toujours prêt à voir se déchaîner l'orage.

Loin de se plaindre ou de me demander quelles étaient mes intentions, elle m'adressa ce sourire tendre et incroyablement sexy que je n'avais vu qu'une seule fois sur ses lèvres. J'aurais préféré ne pas lui sourire en retour, mais je ne pus m'en empêcher. Pas d'allusion à sa virginité ni à la manière féroce dont je l'avais pénétrée. Elle ne semblait même pas me considérer comme un abominable salaud.

Était-elle donc à ce point candide, tendre et innocente ? Elle en avait vraiment l'air, et je ne savais qu'en penser.

D'un côté, ça me tirait très heureusement d'un mauvais pas – si elle ne faisait aucun cas de sa virginité, pourquoi m'en soucier ? Mais cela la rendait plus vulnérable encore que quand je l'avais trouvée aux prises avec l'émissaire de Carsoni. Maintenant, c'est moi qui lui faisais du mal et la traitais indignement.

— Ça t'a plu ? s'enquit-elle.

Je roulai de son côté et effleurai sa joue du pouce. Aussitôt tout sentiment d'imposture et de honte s'évanouit.

— *Bella*, comment peux-tu en douter ?

Immédiatement, cette rougeur qui m'avait tant fasciné quand je l'avais rencontrée lui monta aux joues. Mais désormais, je savais d'où elle venait. Son honnêteté et sa franchise m'avaient conquis. Et tout en sachant que j'avais tort j'éprouvais un curieux sentiment de satisfaction à l'idée qu'elle m'avait choisi pour être le premier, même si j'ignorais pourquoi.

— Je… Évidemment, j'aurais dû te le dire avant, déclara-t-elle avec un feint détachement.

Sans bien comprendre pourquoi, je trouvais sa petite comédie non pas effrayante ou suspecte, comme j'aurais dû, mais plutôt charmante, et je décidai de faire avec.

— Il faut que je… que j'aille prendre une douche, reprit-elle. J'ai un rendez-vous important avec mon patron dans une heure et demie.

Elle prit une serviette sur une étagère et la drapa autour de son corps adorable. J'en pris une autre pour m'envelopper moi aussi, car je sentais que je durcissais de nouveau et je ne voulais pas lui faire peur.

Sauf qu'elle n'avait pas l'air d'avoir peur. Ce qui était plutôt bon signe, décidai-je. Ni elle ni moi n'avions envie de nous satisfaire de cet unique épisode, pourtant il nous faudrait établir des règles pour circonscrire cette… relation. Elle avait l'air de s'en rendre compte, ce qui valait mieux. Si elle préférait se donner l'air blasé et détaché, pas de problème. Mais il ne serait pas simple de jouer les indifférents quand nous nous retrouverions pour travailler.

Jamais auparavant je n'avais couché avec une employée, mais je ne voyais pas où était le problème. Nous étions tous deux adultes et consentants, et dans le travail, nul ne pourrait m'accuser de faire du favoritisme. Tous les membres de mon équipe y avaient mérité leur place, Edie plus que quiconque. Son travail avait toujours été exemplaire. Elle était très observatrice, cultivée et extraordinairement intelligente, sans parler de ses incroyables capacités d'analyse, et de son usage créatif des données, qui lui permettait de rationaliser et d'évaluer l'investissement potentiel de chacun des candidats. Non seulement elle travaillait bien, mais elle avait su trouver sa place dans une équipe dont elle avait impressionné chaque membre. Grâce à notre conversation après dîner, quatre jours plus tôt, je savais tout ce que cela signifiait pour elle. Après les humiliations dont elle avait souffert à cause du comportement de sa mère, elle avait le tort de croire qu'elle devait, plus qu'une autre, faire ses preuves.

Considérant ce dernier point, il me semblait évident qu'elle n'aurait aucune envie qu'on sache ce qui se passait entre nous, au risque de compromettre le professionnalisme qu'elle tenait tant à afficher.

Malheureusement, j'aurais bien du mal à garder secrète notre liaison. C'est pourquoi au moment où elle s'éloignait, je la pris par le bras.

— Pas si vite, Edie.

Elle s'assit sur la couchette, les mains crispées sur la serviette qui dissimulait son corps superbe.

— Dès la réunion de ce soir et durant tout le reste de la semaine, les invités et l'équipe de travail ne pourront pas ignorer que nous sommes intimes.

Elle cligna les yeux en rougissant violemment.

— Pourquoi ?

Je faillis éclater de rire en l'entendant. Visiblement, elle n'avait pas la moindre idée de ce dont elle avait l'air, une femme qui vient d'être joliment… Je coupai le mot cru avant même de l'avoir pensé. Elle n'était pas une traînée, contrairement à ma mère ou à la sienne. Elle était tout le contraire et ne méritait pas qu'on pense à elle en ces termes. Ce qui ne voulait pas dire pour autant qu'elle pourrait nier l'évidence. Si elle voulait paraître expérimentée, j'avais le droit de la traiter comme si elle l'était.

— Parce que j'ai bien l'intention de continuer à coucher avec toi. Je ne tiens pas à garder le secret. Réellement, ajoutai-je avec pragmatisme en voyant une intense stupéfaction s'inscrire sur son visage. J'aimerais que tu t'installes chez moi parce que je trouve absurde qu'on loge aux deux extrémités opposées de la propriété. Je veux dire, du point de vue logistique. Compte tenu de nos emplois du temps respectifs tels qu'Evan les a planifiés pour le reste de la semaine, il ne nous reste plus beaucoup de temps libre. Alors, si nous voulons l'utiliser au mieux, autant loger au même endroit. D'ailleurs, ma suite est beaucoup plus grande que la tienne.

— Mais… balbutia-t-elle, rouge comme une pivoine et tout aussi charmante. Cela ne va-t-il pas compromettre mon intégration dans l'équipe ?

— Pas du tout. Ce que tu fais de ton temps libre… Enfin, ce que nous faisons de notre temps libre… tous les deux… Ça ne regarde personne. Crois-moi, tu as parfaitement fait tes preuves aux yeux de tous les membres de l'équipe, et personne ne songera à te remettre en question.

À ces mots, une lueur de satisfaction passa dans son regard, et mon cœur se serra bizarrement. Je dus me reprendre : ce n'était quand même pas comme si je l'avais complimentée pour un talent qu'elle ne possédait pas.

— D'autre part, j'ai remarqué que certains types te regardent d'une drôle de façon, ajoutai-je.

Naturellement, puisque nous avions couché ensemble, il ne me semblait plus déplacé de reconnaître la jalousie qui me dévorait dès qu'un autre homme posait les yeux sur elle.

— Ça me déplaît, poursuivis-je. Une fois qu'ils sauront que tu es avec moi, ils garderont leurs distances, ce qui m'évitera d'avoir à user de mes poings. Ce pourrait être gênant, s'il s'agissait d'un de mes futurs investisseurs…

— Tu te battrais avec l'un de tes invités ? demanda-t-elle, à la fois ébahie et horrifiée.

Elle n'avait pas l'habitude qu'on se batte pour elle ou qu'on la protège. J'eus soudain envie de me confronter à ce père qui n'avait pas reconnu sa propre fille.

— Si un homme se montre trop familier avec toi, je me jetterai sur lui, en effet, répondis-je en ramenant une mèche derrière son oreille.

Je laissai mon pouce courir le long de son cou ; des rougeurs provoquées par le frottement de ma barbe naissante étaient apparues là où, un peu plus tôt, j'avais dévoré sa chair tendre.

— Je ne suis pas du tout partageur.

C'était vrai. J'avais toujours exigé que mes liaisons soient exclusives, aussi brèves soient-elles. Mais je n'avais jamais connu pareil sentiment de possessivité. L'idée qu'un autre homme puisse toucher Edie ou la regarder avec convoitise me rendait fou.

Je chassai cette pensée. Si j'avais tant envie de la protéger, c'était sans doute parce qu'elle était très jeune et sans expérience. Et puis elle faisait partie de mon équipe.

Un jour, mon désir pour elle s'émousserait. Mais d'ici là, il n'y avait aucun mal à nous faire plaisir à tous les deux.

— Alors, que dirais-tu de venir t'installer chez moi ?

Elle hésita et, durant quelques secondes, je sentis mon pouls s'accélérer à l'idée stupide qu'elle pourrait refuser. Mais c'était impossible : elle avait pris autant de plaisir que moi à faire l'amour, j'en étais certain. De toute façon, si elle refusait, je finirais bien par la faire changer d'avis.

— D'accord, dit-elle avec dans le regard une lueur d'excitation aussi troublante que sa façon de rougir. Puisque tu insistes…

— Oui, j'insiste, murmurai-je, sans pouvoir retenir un sourire coquin à la pensée de tout le plaisir que nous allions nous donner dans quelques heures. Et maintenant, ajoutai-je en lui tapotant familièrement les fesses, tu ferais mieux d'aller te doucher. Sinon, tu seras en retard au boulot et tu sais que ton boss ne plaisante pas avec la ponctualité.

Elle éclata de rire, un rire si frais et si tendre, si libre que j'en fus troublé. Alors, elle me jeta un regard voluptueux, sexy et terriblement audacieux pour une jeune femme qui venait à peine d'être initiée au plaisir. Soudain, je ressentis une bouffée d'orgueil à la pensée que mon Edie était, dans ce domaine aussi, une étudiante exceptionnellement douée.

— Tu es certain que tu ne veux pas me rejoindre ? me proposa-t-elle en désignant la douche ouverte dont on se servait habituellement pour se rincer après avoir nagé.

Je l'imaginai nue et ruisselante, ses courbes sensuelles luisant de savon, tandis que j'agaçais les pointes de ses seins et que je caressais sa chair tendre et tiède.

Waouh, *ragazzo* !

Je me tortillai sur la couchette mais en dépit de mon envie de la suivre, je savais qu'elle devait être encore endolorie et je ne voulais pas risquer de lui faire mal en recommençant trop vite. Même si elle était consentante, de mon côté, je ne me sentais pas assez fort pour me dominer. Aveu de faiblesse.

— J'aime mieux rester ici et profiter de la vue, déclarai-je sur un ton aussi désinvolte que possible, sachant que ce serait pour moi une torture. Tu m'as épuisé, *bella*.

Un gros mensonge, mais je fus heureux de la voir éclater de rire avec un plaisir évident.

— Et puis, ni toi ni moi ne voulons être en retard au travail.

Elle acquiesça avec un sourire candide.

Je la vis s'éloigner en direction de la douche et laisser tomber sa serviette. Puis elle se mit à laver son corps adorable avec une grâce si naturelle qu'elle n'en était que plus excitante.

Je la rejoignis tandis qu'elle quittait la plage, enveloppée dans une des robes de chambre mises à la disposition des invités. J'allais devoir apprendre à contrôler mes réactions en sa présence, avant d'entamer la réunion avec l'équipe du matin. Sinon, je risquais d'être incapable de tenir la promesse que je lui avais faite de maintenir nos relations sur un mode professionnel durant le travail.

Je ramassai les triangles épars du maillot bleu que je lui avais ôté avec tant de hâte un peu plus tôt, dans l'intention de le lui rendre. Mais, tout en gravissant les marches, je m'aperçus qu'il était taché de sang.

Sans que j'aie besoin de la moindre confirmation de sa virginité, cela suffit à faire battre mon cœur plus vite. Et même si c'était un peu hypocrite de ma part, je ne pus m'empêcher de faire en silence un vœu en contemplant la preuve de sa confiance en moi. Jamais encore une femme ne m'avait fait pareil cadeau. Et même si je ne le lui avais pas demandé, je ne pouvais m'empêcher de me sentir une responsabilité vis-à-vis d'elle. Notre liaison n'était pas faite pour durer. Je me fatiguerais vite d'elle, j'avais toujours été très dispersé, et elle ne tarderait pas à découvrir qu'il était très dangereux de s'attacher à moi. Heureusement, Edie était une femme intelligente et intuitive, même si elle n'avait aucune expérience, et elle percevrait vite la vérité à mon sujet, si elle ne l'avait pas déjà fait.

Mais tandis que je me tenais sous la douche à mon tour, et prenais mon érection en main pour m'accorder un soulagement nécessaire, je fis à Edie une promesse silencieuse : quoi qu'il arrive, je ferais en sorte de rendre notre liaison aussi joyeuse et agréable pour elle qu'elle l'était déjà pour moi.

Compte tenu du désir qu'elle m'inspirait, et de l'intensité de l'alchimie sexuelle qui nous unissait, il était probable que durant les prochains jours, je voudrais renouveler l'expérience à maintes reprises. Mais je ferais très attention à la ménager. Je ne tiendrais rien pour acquis et j'essaierais d'arrondir, dans la mesure du possible, les angles de mon caractère. Plus important encore, quand notre liaison arriverait fatalement à son terme, je le lui ferais comprendre avec délicatesse. Car elle avait beau être courageuse et intelligente, elle n'avait aucune habitude de ce genre de situation et, avec moi comme initiateur, elle n'était pas tombée sur l'homme le plus tendre, le plus raffiné et le plus doux du monde.

S'il y avait une chose que je tenais absolument à éviter, c'est qu'elle ait une bonne raison de regretter de s'être offerte à moi.

15.

Depuis le balcon de la suite de Dante, j'observais les invités qui déambulaient dans les jardins éclairés par des torches. Dans leurs robes du soir et leurs smokings, ils se rengorgeaient comme de grands oiseaux exotiques, étalant leur richesse et paradant dans la nuit d'été. Des canapés exquis et du champagne millésimé leur étaient servis sur des plateaux d'argent. De la salle de bal me parvenaient les échos d'une valse de Vienne jouée par un orchestre, pour ceux d'entre eux qui avaient le courage de s'élancer sur la piste de danse. La soirée était parfaite, avec quelque chose d'irréel. Et j'y tenais un rôle, un rôle essentiel.

J'avais les nerfs à vif et une pointe d'excitation mêlée de regret m'habitait. Depuis cinq jours que Dante et moi nous dormions ensemble, ma vie avait été un rêve. Le sexe… une révélation. Jamais je ne m'étais sentie aussi vivante. Dante avait tenu parole et se comportait d'une manière incroyable : je me sentais à la fois chérie et désirée, alors qu'il maintenait une stricte démarcation entre mes responsabilités professionnelles et ce que nous faisions après le travail. Le premier jour, bien que j'aie fini par accepter que notre liaison soit connue de tous, je m'étais sentie terriblement nerveuse. Je redoutais que les autres membres de l'équipe ne s'offusquent de ma relation avec lui et me jugent. Je m'y étais préparée et l'aurais même compris.

Mais toute l'équipe avait trouvé la situation amusante et tendre, pour ainsi dire. Le premier jour, quand Collette avait supervisé le déménagement de mes bagages dans l'appartement de Dante, elle m'avait même soufflé à l'oreille : « Tu lui fais du bien. Cette semaine, il s'est comporté de façon bien moins tyrannique que d'habitude. »

Elle plaisantait, bien sûr. Dante n'avait rien d'un tyran, même s'il était toujours concentré et exigeant vis-à-vis de ses employés. En fait, il était honnête et savait communiquer ses attentes de façon à être compris.

Concernant notre relation, il avait fait en sorte qu'elle soit acceptée. Non seulement il s'était montré franc à ce sujet, évitant tout climat de suspicion, mais il s'était également fait un point d'honneur de ne jamais me favoriser par rapport aux autres employés. Devant ses invités, il me traitait avec respect, sans chercher à cacher nos liens durant le temps libre que nous passions ensemble.

Grâce à lui, je n'éprouvais aucune gêne et savourais sa compagnie et son empressement.

Il n'y avait eu qu'un seul moment d'embarras, lié à une remarque que m'avait faite Élise Durand, P-DG d'un grand groupe hôtelier français. Au cours des quelques échanges que j'avais eus avec elle à la table de poker, j'avais apprécié sa perspicacité et son sens du risque. Je savais qu'elle figurait sur la liste des investisseurs privilégiés. Dante et ses deux principaux banquiers semblaient prêts à lui proposer d'investir dans l'affaire. Mais la veille au soir, tandis que je traversais les jardins pour me rendre à mon rendez-vous avec Dante dans notre petite crique privée, elle m'avait approchée, un sourire aux lèvres. Là, elle m'avait susurré quelques mots qui m'avaient glacée : « Vous me rappelez terriblement votre mère, Edie. Elle aussi, adorait les hommes puissants et savait parfaitement tirer d'eux le meilleur profit. »

À ce souvenir, ma gorge se noua, et je tentai de me concentrer sur le splendide panorama qui s'offrait à ma vue. La lune se reflétait sur la baie, et au-delà brillaient les lumières de Villefranche.

Pourquoi une simple remarque m'avait-elle blessée à

ce point ? J'avais tort de prendre à cœur ce qui n'était au fond qu'une petite perfidie. Ce sentiment d'imposture, en moi, finirait par s'estomper – du moins, je l'espérais.

Je n'avais pas mis Dante au courant, ni personne d'autre d'ailleurs, parce que je ne voulais pas qu'on me reproche de manquer de professionnalisme. Et puis je redoutais que cet épisode sans importance remette en question la décision de Dante de compter bientôt Élise Durand comme investisseur.

Le malaise que je ressentais était-il seulement lié à cette femme, ou aux regrets que j'éprouvais à l'idée que notre histoire se terminerait le soir même ?

Je ravalai ma peine. Pas question que l'anxiété et la tristesse prennent le dessus. J'avais toujours su que ce bonheur n'était pas fait pour durer. Dante ne m'avait rien promis d'autre qu'une courte liaison, et je ne lui avais pas demandé davantage. Heureusement, d'ailleurs, car au bout de cinq jours passionnés, j'accordais déjà trop d'importance à notre relation. Jamais je n'obtiendrais ce que je désirais en secret.

Il me faudrait me contenter de souvenirs. Dante m'avait transformée. Il m'avait fait découvrir la passion. Il suffisait qu'il apparaisse pour que je m'embrase, et je fondais de plaisir, chaque fois qu'il me témoignait intérêt ou tendresse. Faire l'amour avec lui était devenu pour moi une véritable drogue.

Malgré la fraîcheur de la brise marine, je sentis mes joues s'empourprer au souvenir de l'indécence dont j'avais fait preuve, la nuit précédente. Ce n'était pas entièrement ma faute : Dante pouvait se comporter en véritable démon.

Sur la plage, comme s'il devinait que ma rencontre avec Élise m'avait déstabilisée, il m'avait amenée à un tel degré de volupté que je m'étais sentie liée à lui, de la plus intime façon qui soit.

En se servant de sa langue et de ses dents d'une façon qui me rendait folle, il m'avait amenée au bord de l'orgasme, encore et encore, sans m'accorder la délivrance tant attendue.

À la fin, je n'étais plus qu'une boule de nerfs et de désir inassouvi. D'une voix rauque, je m'étais mise à crier et à le supplier de s'enfoncer en moi assez profondément pour mettre fin à cette torture érotique et, quand il avait fini par s'exécuter, j'avais ressenti une telle jouissance que j'avais cru défaillir. Mais ce qui m'avait le plus troublée, c'est la tendresse avec laquelle il m'avait ensuite lavée, puis soulevée pour me porter à travers les jardins et les couloirs de la villa avant de me déposer sur notre lit.

J'étais tombée dans un profond sommeil peuplé de rêves merveilleux où je me sentais protégée et en sécurité. Au matin, quand je m'étais réveillée, blottie entre ses bras rassurants, il m'avait encore fait l'amour avec une douceur si tendre que je m'étais convaincue, durant un merveilleux instant, qu'il y attachait quelque importance.

La porte de l'appartement s'ouvrit, mettant fin à mes rêveries. Les pas de Dante résonnaient sur le tapis. Le cœur battant à tout rompre, je me retournai vers lui. Superbe et nonchalant dans son smoking impeccablement coupé, il ressemblait à l'homme que j'avais rencontré le premier soir, à l'Inferno. J'avais alors éprouvé en sa présence une terreur viscérale.

En ce moment, il me terrifiait peut-être davantage encore, je m'en rendais compte et, quand il me prit dans ses bras, je ne parvins pas à calmer les battements incontrôlés de mon cœur.

— Notre mission est enfin terminée, les investisseurs ont été désignés, et nous allons pouvoir fêter ça, murmura-t-il en m'embrassant dans le cou.

Son érection contre mon ventre m'excita aussitôt.

— C'est magnifique, balbutiai-je en me forçant à sourire.

Je ravalai la boule qui s'était formée dans ma gorge à la pensée qu'il ne restait plus qu'une nuit avant que notre histoire ne se termine. Il recula d'un pas et me tint à bout de bras pour contempler la robe de satin que Nina avait créée spécialement pour l'occasion. Son regard se fit plus sombre et plus intense.

— Tu es absolument superbe.

Il n'oubliait jamais de me féliciter, et j'adorais ses compliments. Les joues me brûlèrent à la pensée que Nina avait insisté pour que je ne porte rien sous cette robe.

— Toi aussi, répondis-je en le contemplant à mon tour.

Dans sa tenue de soirée, il était beau comme un astre mais, en dessous, j'imaginais les cicatrices que j'avais tant de fois caressées du bout des doigts et de mes lèvres. Elles étaient le témoignage de la lutte qu'il avait dû mener pour échapper à la malédiction de ses origines. Même si je n'y étais pour rien, mon cœur se gonfla stupidement d'orgueil à la pensée de sa réussite.

— Eh ! Il y a quelque chose qui ne va pas ? s'enquit-il en me relevant le menton pour plonger son regard dans le mien.

— Non. Rien du tout.

Je n'eus aucun mal à mentir, car je ne voulais pas gâcher par des épanchements ridicules la dernière nuit que nous allions passer ensemble.

— Je regrette seulement que nous ne puissions pas rester ici à faire la fête, continuai-je platement, ce qui, cette fois, était la vérité.

— Toi et moi, seuls tous les deux ? demanda-t-il avec un petit rire un peu rauque en me prenant la main. Hélas, nous allons devoir faire une apparition là-bas. Il faut que tout le monde profite de cette superbe robe…

Ses pupilles s'assombrirent, tandis qu'il me guidait vers la porte, et je sentis son pouce me caresser la paume.

— Avant que je ne te l'enlève, ajouta-t-il, ce qui provoqua en moi ce frémissement que je connaissais déjà bien.

Avec un sourire contraint, nous nous dirigeâmes vers le large escalier qui descendait à la salle de bal. Les convives se retournaient pour nous regarder, et j'avais l'étrange impression d'être une princesse jeune et désespérément éprise du beau prince que désiraient toutes les autres femmes.

Cette sensation d'appartenir à quelqu'un avait beau

être illusoire et fugitive, elle ne m'en faisait pas moins battre follement le cœur. Pourquoi ne pas profiter de cette soirée ? Demain, de retour à Belle Rivière, il serait bien assez tôt pour brider mes émotions et revenir à la réalité.

— En définitive, qui as-tu choisi comme investisseurs ? demandai-je tandis que Dante me tendait un verre de champagne qu'il venait de prendre sur un plateau.

— Devon O'Reilly et le consortium de La Grange, répondit-il.

Le propriétaire d'un élevage de chevaux de course et un groupe de gestionnaires de fonds spéculatifs que je lui avais tous les deux proposés. Mais je lui avais aussi recommandé une autre personne.

— Et Élise Durand ? m'enquis-je, surprise, et secrètement satisfaite qu'elle n'ait pas été retenue parmi les investisseurs.

— Non, pas Élise, répondit-il en me fixant par-dessus son verre. Mais j'aurais préféré que ce soit toi plutôt que Collette qui m'avertisse que ce n'était pas un bon choix.

— Je… Je ne comprends pas.

Je reposai mon verre, car je craignais de m'étrangler sous l'effet de l'émotion, si je me risquais à en boire une gorgée.

Collette lui avait-elle rapporté la remarque d'Élise à mon sujet ? Et si c'était le cas, pourquoi était-il si irrité que ses yeux lançaient des éclairs de colère ?

— Elle t'a insultée, Edie, dit-il, répondant à la question que je n'avais pas osé lui poser. Tu imagines vraiment qu'après ça je puisse avoir envie de traiter avec elle ? Dès que je l'ai appris, je l'ai fait reconduire hors de ma propriété. Et j'ai bien l'intention de lui notifier que jamais plus, je ne ferai affaire avec elle ni avec sa compagnie.

— Je ne suis pas certaine qu'elle ait vraiment voulu m'insulter, dis-je, sans trop savoir pourquoi je la défendais.

Maintenant, il me semblait évident qu'elle avait bien cherché à me diminuer et à m'humilier. Et bien sûr, par cette simple remarque désinvolte, elle avait réussi à renforcer mon sentiment d'insécurité et d'imposture. Mais la réaction de Dante me semblait disproportionnée et dangereuse : non seulement il avait volé à mon secours, mais il avait vraiment l'air plus touché que moi. Suffisamment en tout cas pour prendre une décision d'une telle importance dans le développement de son affaire. Pas simplement la décision de me défendre, mais celle de chasser Élise Durand de sa propriété.

J'avais tout fait pour éviter de tomber amoureuse de cet homme et j'y étais parvenue, malgré sa merveilleuse façon de faire l'amour et le respect qu'il m'avait témoigné. Mais tandis qu'il me fixait d'un œil courroucé, je sentis que la situation m'échappait. Il était si rare qu'il livre ainsi ses sentiments que cela me déstabilisa davantage encore. L'insulte proférée par Élise l'avait réellement mis en rage.

— Ne cherche plus jamais à excuser le mal que les autres cherchent à te faire, déclara-t-il sur un ton peu amène.

Décidément, j'étais un cas désespéré. Si j'étais tombée amoureuse de cet homme, ce n'était pas en raison de sa gentillesse et de sa sensibilité, ni de son instinct protecteur, ni de ses prouesses au lit. C'était à cause de son tempérament de feu, de sa possessivité et de son insupportable arrogance. Je respirai un grand coup pour essayer de reprendre le contrôle et ravalai les larmes que je sentais perler. Tragique certes, mais d'autant plus merveilleux…

— Tu n'es pas ta mère, continua Dante, implacable. Et nul n'a le droit de te juger ou de t'insulter à cause des erreurs qu'elle a commises. Tu vaux tellement mieux que ça. Tu le comprends ?

J'acquiesçai d'un signe, incapable d'aligner trois mots cohérents tant mon cœur battait fort dans ma poitrine. Il s'arrêta, réalisant à quel point j'étais déstabilisée.

— Très bien. Alors, oublions tout ça.

Pour la première fois depuis que je le connaissais, il semblait ébranlé. Était-il aussi étonné que moi de prendre ainsi froidement ma défense ?

Je repensai à sa propre enfance, aux horreurs auxquelles

il avait fait allusion en termes si durs, si dénués d'émotion. Comme si c'était arrivé à quelqu'un d'autre, comme s'il en avait terminé avec tout ça depuis des années et qu'il l'avait surmonté. Était-ce vraiment le cas ? Peut-être s'imaginait-il en être sorti indemne et avoir surmonté ces traumatismes pour aller de l'avant ? Mais c'était impossible, et la façon dont il avait réagi à cette remarque anodine d'Élise en était la preuve. Il avait dû encaisser des insultes bien plus dures, autrefois.

— Elle est partie et ne reviendra plus, ajouta-t-il.

Il termina son verre de champagne, et je me demandai si sa bouche était aussi sèche que la mienne.

— *Bene*, mais j'ai trop envie de te toucher. Allons danser.

Il était passé à l'italien, ce qui ne lui arrivait que lorsqu'il se sentait débordé par ses émotions. Il m'entraîna alors vers la salle de bal où l'orchestre attaquait une nouvelle valse.

Il me prit dans ses bras et me serra contre lui en me guidant d'un pas assuré. Je m'accrochai à ses larges épaules, tandis qu'un kaléidoscope de lumières tourbillonnait autour de nous. Le cœur battant, j'étais en proie à des sentiments si puissants et si dangereux que je compris à quel point j'allais souffrir le lendemain, quand nous devrions nous séparer et que notre histoire serait terminée. Mais ce soir, j'étais seulement capable de me laisser guider par lui et envahir par les sentiments qui me submergeaient. Parce qu'il était trop tard pour que je puisse les contrôler.

La soirée passa comme l'éclair. Étroitement enlacés, nous dansions, sans que jamais sa main lâche la mienne, même quand la musique s'arrêtait. Même durant le discours qu'il dut prononcer et les toasts finaux. L'horloge sonnait minuit, et les applaudissements résonnaient encore à mes oreilles lorsqu'il me prit par la main pour fendre la foule vers l'escalier qui menait à notre appartement.

Peut-être aurais-je dû me sentir embarrassée, car sur les visages de certains invités, j'avais pu lire de l'étonnement, tandis que d'autres arboraient des sourires entendus. Tout le monde savait très bien où nous allions, et pourquoi nous quittions le bal si tôt. Mais après l'avoir vu prendre ma défense de façon si passionnée, rien ne pouvait plus m'atteindre, pas même les remarques mesquines du genre de celles proférées par Élise Durand.

Je le désirais et je refusais d'avoir honte de cette faim qui me consumait moi aussi. Le souffle court, les cuisses frémissant d'anticipation, les pointes des seins si tendues qu'elles en devenaient douloureuses… Il referma sur nous la porte de notre suite avant de me presser contre le battant.

— J'ai cru que cette soirée ne finirait jamais, grommela-t-il.

Son irritation enflamma mes sens. Déjà, il bataillait en vain contre la fermeture de ma robe.

— Tant pis…

Un crissement de soie déchirée bruissa dans la pièce. Le superbe fourreau glissa lentement sur le sol, me laissant nue, à la fois choquée et très excitée.

— *Dio ?* Tu ne portais donc rien là-dessous ? s'écria-t-il sur un ton scandalisé.

— Nina a prétendu que ça gâcherait la ligne du modèle, balbutiai-je tandis qu'il plongeait les doigts dans les plis de mon sexe.

— Celle-là, la prochaine fois que je la vois, je la tue, dit-il comme je me cabrais sous ses caresses. Mais d'abord, toi, je vais te punir.

— S'il te plaît…

Je roulai des hanches pour me coller à sa main dont le pouce caressait diaboliquement mon clitoris gonflé.

— Dis-moi ce dont tu as envie, *bella.*

— J'ai besoin de toi, balbutiai-je.

Rien n'était plus vrai. L'émotion qui m'avait submergée durant toute la soirée m'étouffait.

— *Anch'io ho bisogno di te…*, murmura-t-il d'une voix aussi rauque que la mienne. Moi aussi, j'ai besoin de toi.

J'eus à peine le temps de comprendre ce qu'il me disait quand je sentis qu'il libérait son sexe dressé.

Il me prit par les fesses pour me soulever et, très vite,

écarta mes jambes. Adossée à la porte, je remuai les hanches alors qu'il s'introduisait en moi. Mon corps accueillit avec soulagement son sexe gonflé de désir. Les sensations étaient de plus en plus fortes. Dévastée par l'orgasme, je sanglotai de bonheur. Consumée par des spasmes de jouissance d'une force inconnue, j'oubliai mes peurs et mes doutes pour m'abandonner à la joie tendre et sublime du plaisir. En écho à mes gémissements, je perçus le cri rauque de Dante et je m'accrochai à lui, dans l'espoir que cet instant durerait toujours…

Je flottais encore dans un vertige béat teinté de tristesse, quand il me porta sur le lit avant de se déshabiller. J'aurais dû protéger mon cœur, mais comment l'aurais-je pu ? Il me prit contre lui, et nos corps s'enlacèrent, encore humides et luisants de nos ébats.

— Tout va bien ? s'enquit-il en me caressant les cheveux. Je ne t'ai pas fait mal ?

Il y avait dans sa voix une tendresse qui me brisa le cœur.

— Bien sûr que non.

— Tu en es sûre ? Je t'ai prise comme…

Il ne termina pas sa phrase mais j'avais compris.

Comme une pute.

Il s'en voulait visiblement, de s'être montré brutal durant cette folle étreinte. Je me souvins de ce qu'il m'avait dit de sa mère, de l'amertume et de la colère dans sa voix quand il m'avait révélé qu'elle se prostituait. Et la façon dont il avait pris ma défense un peu plus tôt dans la soirée. Ce qu'il m'avait dit.

« Tu n'es pas ta mère. Et nul n'a le droit de te juger ou de t'insulter à cause des erreurs qu'elle a commises. Tu vaux tellement mieux que ça. Tu le comprends ? »

De nouveau, je me demandai pourquoi il m'avait défendue avec tant de passion. N'était-ce pas lui aussi qu'il défendait ?

Je m'appuyai sur le coude pour observer son visage dans l'ombre. L'inquiétude et la tension s'y reflétaient, trahissant l'émotion qu'il cherchait tant à dissimuler.

— J'aime que tu me prennes de cette façon, lui dis-je pour le rassurer.

Avec tant de passion, et tant d'urgence.

J'aurais aimé ajouter ces mots, mais je les retins, craignant de l'ennuyer avec mes sentiments, alors même qu'il luttait contre les siens.

— C'est bien, alors, murmura-t-il en me tapotant les cheveux. Et maintenant, il faut dormir.

Il m'appuya sur la tête pour qu'elle se niche contre son épaule. Je lui embrassai la poitrine, et son souffle se précipita.

— Si tu fais ça, je vais avoir envie de recommencer, dit-il d'une voix contrainte. Et du coup, plus question de dormir.

Son désir me fit frémir, et plus encore cette impression de proximité entre nous.

— Dante, je peux te demander quelque chose ?

L'obscurité me rendait plus audacieuse que jamais.

— Bien sûr, dit-il en me caressant les cheveux. Du moment que tu me promets de t'endormir très vite après.

— Que t'a fait ta mère pour que tu la haïsses à ce point ?

Il se raidit, et je regrettai d'avoir posé cette question, alors que je n'en avais pas le droit. Mais avant que j'aie pu m'excuser, il me répondit.

— Je te l'ai dit : elle se prostituait, murmura-t-il d'une voix qui n'était plus ni amère ni irritée, simplement contenue.

— Je sais. Et ça a dû être très dur pour vous deux. Mais…

Je voulais comprendre. La vie qu'il m'avait décrite l'avait traumatisé…

— Dur pour elle ? lâcha-t-il. Mais elle avait choisi cette vie !

— Qu'en sais-tu ? Il ne doit pas y avoir beaucoup de gens qui choisissent de se prostituer. S'ils le font, c'est par désespoir, par addiction ou parce qu'on les y oblige. Es-tu certain qu'elle n'a pas été contrainte de le faire ?

J'aurais voulu adoucir son chagrin, car sous la dureté de ses mots, je devinais la marque de l'insécurité.

Durant ces cinq derniers jours, il m'avait tant donné. Il m'avait fait confiance, et cela m'avait valorisée à mes propres yeux. Il fallait que je lui rende la pareille. Ses sentiments pour sa mère étaient complexes, et j'ignorais tout de la façon dont il avait été élevé. Seulement, il avait été marqué par les erreurs qu'elle avait commises.

Je ressentais de la pitié pour cette femme. Ce n'est pas parce qu'elle était une prostituée, forcée de se vendre pour survivre, que c'était une mauvaise personne ou qu'elle n'avait pas aimé son fils. Malgré ses errances, ma propre mère m'avait chérie. Au fond de moi, j'étais persuadée qu'il y avait du bon en chaque homme.

Dante n'avait rien pardonné à celle qui lui avait donné le jour. Et j'avais l'étrange impression que quand il parlait de sa mère, il parlait aussi de lui. Il était trop tôt pour que je lui avoue mes sentiments, mais je tenais à lui dire que je le trouvais extraordinaire.

— Je ne déteste pas ma mère, finit-il par dire. En fait, je me souviens à peine d'elle. Mais parlons d'autre chose, d'accord ?

— Comme tu veux.

Il me prit par le menton pour me forcer à le regarder.

— Pourquoi as-tu l'air si triste ? Tout ça s'est passé il y a si longtemps… Ça ne te concerne pas.

Mais il y avait une faille dans sa voix, et son cœur battait vite contre mon oreille. M'avait-il menti ?

Brusquement, il se coucha sur moi, et je sentis son érection contre ma cuisse. Un frémissement me parcourut.

— J'ai quelque chose de bien plus important à faire avec toi, murmura-t-il d'une voix rauque.

Il cherchait à me distraire avec le sexe pour mettre entre nous une distance, comme il l'avait toujours fait depuis le début. Mais au moment où ses lèvres se posèrent sur les miennes et où il me prit par les hanches pour me pénétrer, je préférai m'abandonner au plaisir physique plutôt qu'à la stupide tristesse qui m'envahissait.

C'était à moi de maîtriser et de contrôler mes sentiments. Même si, plus tard, je risquais d'en souffrir, je lui serais toujours reconnaissante de m'avoir fait partager ces merveilleux moments de complicité. J'eus soudain l'intuition que c'était exactement le choix qu'avait fait ma mère – échanger du sexe contre de l'intimité – mais avant que j'aie pu réfléchir à cette évidence dérangeante, il s'enfonça en moi au plus profond. Je poussai un cri avant que nous cédions tous deux à l'extase.

Quand nos corps furent apaisés, il me prit dans ses bras pour me bercer doucement, comme en rêve. Durant un instant de folie, je fis un vœu étrange : effacer l'homme autoritaire, cynique et indomptable que Dante était devenu pour atteindre le petit garçon qu'il avait été et lui dire combien il était aimé, même si ce n'était que par moi.

16.

Je demeurai allongé dans l'ombre, scrutant le plafond, au-dessus de mon lit. La tête d'Edie reposait sur mon épaule, nos corps étaient encore en sueur.

Elle était épuisée. Je l'avais épuisée. Nous nous étions épuisés l'un l'autre, mais je n'étais pas disposé à dormir.

Je m'étais démené en elle comme un fou jusqu'à ce que je l'entende sangloter, jusqu'à ce que je sente les spasmes de l'orgasme la secouer. Non pas une fois, mais deux. Le pire, c'est la question qu'elle m'avait tranquillement chuchotée dans l'ombre.

« Que t'a fait ta mère pour que tu la haïsses à ce point ? » et « Il ne doit pas y avoir beaucoup de gens qui choisissent de se prostituer. » Des mots qui ressemblaient à Edie. Tendres, naïfs et romantiques… Tristement idéalistes. Et même si j'aurais préféré les oublier, lui refuser le droit de défendre une femme qui ne méritait pas ma compassion, cette conversation m'avait déstabilisé et laissé une impression amère. Et elle m'avait fait peur.

Il était minuit, j'avais besoin de dormir car la journée du lendemain s'annonçait chargée. Il me faudrait dire au revoir à mes invités, mettre mon équipe financière au courant des décisions que j'avais prises pendant la semaine et activer mon projet de développement, maintenant que j'avais choisi mes nouveaux investisseurs. Le lendemain soir, j'étais censé prendre l'avion pour Las Vegas où je devais ouvrir un nouvel hôtel et un complexe de casinos deux semaines plus tard. Je tenais à en superviser l'inauguration.

Mais Edie remua contre moi et, de nouveau, je me mis à ruminer ce qui s'était passé. J'avais projeté de l'emmener à Las Vegas et j'avais déjà demandé à Nina de lui créer une nouvelle garde-robe pour ce voyage. J'avais même inscrit son nom sur le registre de vol et informé mon assistante à Vegas qu'Edie m'accompagnerait lors de tous les événements prévus. J'étais censé le lui annoncer dès son réveil. Mais désormais ce n'était plus possible. À cause de cette question banale à laquelle il m'aurait pourtant été facile de répondre. En fait, je ne me souvenais plus vraiment de ma mère, mais Edie avait raison, je la haïssais encore pour ce qu'elle m'avait fait. Je haïssais plus encore l'idée qu'Edie savait. Elle avait découvert ma faiblesse avec une facilité déconcertante.

J'aurais dû me moquer de l'opinion qu'elle se faisait de moi, mais c'était loin d'être le cas. En fait, elle comptait bien plus à me yeux que je ne l'aurais voulu. Les larmes qui avaient brillé dans ses yeux quand je m'étais mis en colère contre Élise Durand, m'avaient totalement déstabilisé. Son visage avait exprimé de la gratitude, de l'affection et peut-être même de l'amour, et un instant j'avais désespérément désiré en être digne.

Durant toute la soirée, ce désir était devenu de plus en plus puissant. Nous avions dansé sans que je puisse la lâcher une seconde. Ensuite, la violence avec laquelle je lui avais fait l'amour n'avait été qu'une pathétique tentative de diversion pour échapper aux sentiments que j'éprouvais. Et maintenant, allongé dans l'obscurité de cette nuit d'été que perçait un rayon de lune argenté, je sentais de nouveau le désir me gagner, tandis qu'elle respirait doucement à côté de moi. Je compris alors que je m'étais leurré moi-même.

Leurré aussi sur la raison qui me poussait à l'emmener à Vegas. Ce n'était ni son intelligence brillante, ni sa compagnie si vivante et si tendre, ni même la façon incroyable dont elle réagissait à mes caresses, même si j'étais devenu dépendant à tout cela. C'était bien pire. Je ne voulais pas que notre liaison prenne fin, parce que je ne pouvais plus imaginer me passer d'elle.

Je ne voulais pas la laisser partir, alors que c'était précisément ce que je devais faire. Pourtant, je craignais de me retrouver pris au piège de cette absence, de ce manque.

Je frissonnai malgré la chaleur de la nuit au souvenir de la pluie glacée sur mes bras et mes jambes, des mains qui me tenaient, des voix qui murmuraient des mots étranges, tandis que je criais et que je me débattais en pleurant. Un cauchemar récurrent qui me réveillait dans des lits inconnus, me rappelant que j'étais seul. Impuissant.

Pas question de revivre ça. Pour aucune femme. J'avais mis des années à oublier cette nuit-là, à ensevelir cet enfant si profondément que personne ne pourrait jamais l'exhumer. Mais Edie avait réussi à le tirer de sa tombe. C'était une menace dont je devais me protéger. J'avais beau haïr l'idée de la laisser partir, je ne devais pas devenir dépendant de ses caresses, de son rire ou de sa tendresse.

Elle était tendre et farouche, mais innocente aussi. Sans doute croyait-elle m'aimer, mais quand elle aurait découvert que j'étais vraiment cynique et blasé, elle comprendrait que je ne pourrais jamais l'aimer en retour, et son amour se changerait en amertume… Peut-être pas maintenant, mais dans quelques semaines, dans quelques mois, cela finirait forcément par arriver et j'en souffrirais… Je ne pouvais pas la laisser me briser, comme ma mère l'avait fait quand j'étais petit…

La main d'Edie se posa sur ma poitrine dans son sommeil, et ce contact inconscient mais possessif provoqua en moi un élan de désir qui me gonfla le cœur. J'essayai de caler ma respiration sur la sienne.

Au même moment, je décidai de mettre un terme à notre liaison dès le lendemain, de façon claire et irrévocable.

Puis j'attendis l'aurore.

17.

Va te reposer une semaine à Belle Rivière, tu l'as bien mérité. Joe viendra t'attendre à Monaco le 18. N'hésite pas à le contacter si tu as le moindre souci.

Buon viaggio !

D

D'une main tremblante, je contemplai le billet que Dante m'avait fait remettre pendant que je faisais mes bagages. L'angoisse m'avait envahie brusquement.

Quelque chose clochait. Quand je m'étais réveillée, mon corps encore endolori de nos ébats, Dante avait disparu. Pour la première fois depuis cinq jours, je n'avais pas ouvert les yeux dans ses bras. Lorsque je l'avais rejoint, dans la salle à manger, il téléphonait et m'avait à peine regardée. Depuis, je n'avais pas eu l'occasion de lui parler, pas même durant le débriefing de l'équipe, après le départ des invités.

Il m'avait informée que j'allais toucher, comme mes collègues, un bonus de deux mille euros, ce qui m'avait flattée et remplie de fierté. Il n'avait rien dit au sujet de notre relation, et je n'y avais moi-même fait aucune allusion, de peur de mêler vie privée et vie professionnelle. Il m'avait ensuite proposé un nouveau poste à l'essai, comme il me l'avait dit auparavant. Je travaillerais avec Joseph Donnelly au casino de Monaco comme joueuse consultante en stratégie. J'observerais les tactiques des gros joueurs qui pratiquaient un jeu déloyal. Grâce à mon salaire – dont je n'aurais jamais osé rêver —, nous pourrions vivre, Jude et moi, lever les hypothèques sur Belle Rivière et entamer les travaux de rénovation nécessaires. Nous pourrions même engager du personnel pour nous aider à entretenir la propriété. Du moins, si je réussissais à convaincre Dante de m'offrir un poste durable. Nous avions tous les deux à y gagner, car j'étais persuadée d'être la plus qualifiée de l'équipe pour démasquer les tricheurs.

J'avais accepté son offre avec enthousiasme. Tout en sachant que ce n'était pas le salaire qui me motivait, ni les défis et les possibilités qui m'étaient offerts, mais la confiance qu'il plaçait en moi. Et puis, en tant que cadre importante de son organisation, j'aurais l'occasion de le revoir, et peut-être même notre liaison durerait-elle un peu plus longtemps. C'est en tout cas ce que j'espérais de tout mon cœur.

Tout au fond de moi, j'avais même réussi à me convaincre que lui aussi voulait poursuivre notre histoire et que c'était une des raisons qui l'avaient poussé à m'offrir cet emploi. Pour me garder auprès de lui.

Après avoir accepté et signé le contrat, j'avais cherché à lui parler en privé, en vain. Je m'étais dit qu'il devait être très occupé. Une fois le dernier invité parti et le débriefing terminé, Dante avait offert à toute l'équipe un dernier déjeuner sur la terrasse, durant lequel chacun s'était félicité du travail accompli, à grand renfort de toasts. J'avais gardé un siège pour lui à côté de moi, mais il était allé s'installer à l'autre bout de la table, avec Joseph Donnelly et le responsable des événements, Evan Jones. Cela m'avait blessée dans un premier temps, avant que je comprenne à quel point j'étais ridicule. Il avait sûrement encore à discuter avec Joe et Evan. Seulement, le repas fini, il avait de nouveau disparu, et mon inquiétude était montée d'un cran. Pourquoi m'avait-il à peine adressé la parole ? À cause de ma remarque sur sa mère, la veille ? Qu'est-ce qui m'avait pris de lui poser cette question ?

J'avais essayé de m'occuper pour calmer mon angoisse. Il allait sûrement finir par venir me parler, m'expliquer ce qui se passait, où nous en étions, lui et moi. Mais il avait salué les autres membres de l'équipe qui remontaient dans leurs voitures ou prenaient un taxi, puis s'était dirigé vers notre appartement, sans moi. J'avais eu l'espoir de l'y retrouver en train de faire ses bagages, pourtant lorsque j'avais fait irruption dans la chambre, c'est une employée qui pliait ses vêtements et remplissait ses valises.

J'avais donc commencé moi-même à emballer mes affaires et, ce faisant, j'avais entendu Collette donner des ordres pour que tout soit remis en ordre avant la fermeture prochaine de la villa pour plusieurs semaines. Assise dans l'appartement, seule avec mes valises, je m'étais sentie… oubliée. Devais-je descendre pour retrouver Dante ? Où était-il ? Se pouvait-il qu'il soit déjà parti sans un mot pour moi ? C'est alors qu'un de ses assistants était monté m'informer que l'hélicoptère de la compagnie allait me ramener à Belle Rivière et qu'on m'avait tendu le billet que Dante avait lui-même rédigé.

Je le relus encore une fois, le cœur battant. Était-ce une lettre de rupture ? Je frémis et sentis une main de glace me serrer le cœur. Qu'avais-je donc fait de mal ? Avais-je pris trop de libertés la nuit précédente ? Était-ce cette conversation qui l'avait irrité ? Comment cet homme, prêt à se battre pour défendre mon honneur, pouvait-il me rejeter ainsi à cause d'une malheureuse réflexion ? Cet homme qui avait dansé avec moi et m'avait fait l'amour si passionnément avant que je m'endorme dans ses bras.

Je n'y comprenais plus rien, et ma confusion était aussi profonde que la douleur qu'il me causait. Était-ce cela qu'avait ressenti ma mère quand les hommes qu'elle aimait l'avaient tour à tour rejetée ? J'avais tenté de me convaincre que mon histoire avec Dante n'avait rien à voir avec les siennes parce que, moi, je travaillais pour lui, que nous étions égaux et que je n'avais pas trop investi dans cette relation. Mais le vide intérieur que je ressentais suffisait à me prouver que je m'étais fourvoyée. La nuit dernière, quelque chose de fondamental avait changé pour moi, mais pas pour lui. Sinon, il ne m'aurait pas ignorée aujourd'hui. J'aurais voulu me sentir outragée, mais je me sentais seulement dévastée. Je repliai son billet.

— Voulez-vous partir tout de suite ? me demanda le jeune homme qui m'avait apporté le message. L'hélicoptère vous attend.

— Dan… M. Allegri est-il encore ici ?

Il me fallait lui dire au revoir. Pas question de faire une scène, me promis-je en me rappelant toutes les occasions où j'avais vu ma mère supplier son amant ou s'accrocher à lui, alors qu'il la quittait. Combien de fois ma sœur et moi l'avions-nous rejointe dans son lit pour tenter de la réconforter et de calmer son désespoir avant qu'elle ne retrouve un nouveau « protecteur » !

Je n'avais pas le cœur brisé, je ne pouvais pas me le permettre, pas plus que de perdre le travail qu'il m'offrait. Il ne me devait rien, je le savais. J'avais entamé cette liaison en toute connaissance de cause, et si les choses avaient changé de mon côté, ce n'était pas sa faute. Après tout, notre liaison n'avait duré que cinq jours. Cinq jours magnifiques, d'une rare intensité. Avant de le revoir sur le plan professionnel, je tenais à lui dire adieu, pour tourner la page et me convaincre que nous n'avions pas d'avenir.

— Oui, il est dans son bureau, répondit le jeune homme en souriant.

— Il y a quelqu'un avec lui ?

Je me sentais pleine d'énergie et de détermination, comme je l'avais été toute la semaine, grâce à lui, mais pas au point de l'interrompre en pleine réunion.

— Non, tout le monde est parti sauf vous et les quelques employés qui doivent fermer la villa.

— Merci de faire porter mes bagages dans l'hélicoptère. Je vous y retrouve dans quelques minutes.

Le jeune homme acquiesça avant de sortir. Je fourrai le billet dans la poche de mon jean, essuyai mes paumes moites sur mes cuisses et partis en direction du bureau de Dante, la boule au ventre. Quelle idiote !

La porte était ouverte, et il était assis à son bureau, devant son ordinateur, vêtu de la même chemise et du même pantalon qu'il portait lors de notre entretien.

Quand je pénétrai dans la pièce, il releva la tête.

— Salut, Edie. Il y a un problème pour ton voyage ? Je pensais que tu étais déjà partie.

Poli et distant. Très professionnel. L'homme qui se tenait devant moi n'était plus celui qui m'avait pénétrée, encore et encore, comme s'il voulait me marquer à tout jamais.

— Je voulais te dire au revoir. J'ai cru que…

Il me toisa d'un regard si indifférent que les mots restèrent bloqués dans ma gorge. Puis il se carra dans son siège en refermant son ordinateur.

— Tu as cru quoi ? dit-il sans méchanceté mais avec une impatience qui me désarçonna totalement.

— J'ai cru… Je ne pensais pas que ça se terminerait comme ça.

— Et comment croyais-tu que ça se terminerait ?

Cela confirmait mes pires craintes : il me rejetait parce qu'il en avait assez de moi. L'homme assis en face de moi ressemblait à Dante Allegri, il avait les mêmes traits, la même silhouette, le même tatouage sur l'épaule que j'apercevais par l'encolure de sa chemise. La même cicatrice sur le menton. Mais ce n'était pas celui qui, cette nuit, me serrait dans ses bras, car cet homme-là avait beau être arrogant et dominateur, il n'était pas cruel.

— J'ai cru que tu me dirais…, commençai-je en essayant de garder une voix ferme pour cacher à quel point j'étais dévastée.

— J'ai eu beaucoup à faire aujourd'hui, Edie. Je n'ai pas eu le temps.

Depuis que nous avions fait l'amour, la nuit précédente, il ne m'avait plus appelée *bella*.

— Tu n'as pas eu le temps de me parler ? balbutiai-je, aussi incrédule que bouleversée.

— Nous avons parlé : je t'ai offert un contrat lucratif, et tu l'as accepté, il me semble.

— C'est à cause de ce que j'ai dit au sujet de ta mère ? Je sais que ça ne me regarde pas et je regrette…

— Absolument pas, la coupa-t-il. Mais si tu commences à te livrer à un chantage affectif, je me verrai contraint de reconsidérer mon offre. Je sais que tu es jeune et naïve, mais tu savais parfaitement où tout cela te mènerait.

Son ton glacial me fit frémir. Il me parlait vraiment comme à une gamine prise en faute.

— Mais je…

— Souviens-toi que c'est toi qui es venue me chercher, Edie. C'est toi qui as voulu que je devienne ton amant. Si maintenant, tu trouves que tu ne m'as pas fait payer assez cher ta virginité, il est trop tard pour regretter.

Je me mis à trembler. Le sang bourdonnait à mes oreilles et sur son visage, je lus un mépris aussi destructeur que ses paroles.

— Tu… Tu t'en étais donc aperçu ? balbutiai-je sous le choc.

— Évidemment. J'ai plus d'expérience que toi.

— Alors, pourquoi n'as-tu rien dit ?

Et pourquoi cela le mettait-il dans une telle colère ?

— Qu'aurais-je pu dire ? Ça ne me regardait pas.

Je perçus dans sa voix une accusation aussi tranchante qu'un rasoir : « Si tu trouves que tu ne m'as pas fait payer assez cher ta virginité… »

Je compris alors de quoi il m'accusait : d'avoir tenté de le tromper pour qu'il se sente redevable envers moi, mon corps contre son argent.

— Je n'ai jamais rien attendu en retour. Je me suis donnée à toi en toute liberté. J'avais envie que tu sois le premier, balbutiai-je, incapable d'articuler correctement devant tant de cynisme.

— Le sexe est toujours une transaction, sous une forme ou sous une autre. Ta mère le savait et la mienne aussi.

— C'est faux. Ma mère a toujours aimé les hommes avec qui elle couchait…

Mon cœur battait à tout rompre. Pourquoi Dante faisait-il preuve de cruauté à mon égard ? Que lui était-il arrivé pour qu'il devienne si dur, si froid, si insensible, si cynique ? Il prétendait ne pas haïr sa mère, mais il mentait.

— Dans ce cas, elle a eu bien de la chance de toujours tomber amoureuse d'hommes aisés, lança-t-il sur un ton moqueur.

Il cherchait à m'atteindre et y parvenait. La gorge nouée, je songeai à toutes les fois où l'on m'avait insultée et traitée comme une paria, à cause des agissements de ma mère.

La douleur était plus vive encore, à présent. Mes yeux se remplirent de larmes. J'avais cru que Dante me comprenait, qu'il était de mon côté, mais il se révélait pire que les autres.

— Espèce de salaud, m'écriai-je, tentant de dissimuler mon chagrin sous le masque de la colère. Tu… Tu t'es servi de moi.

Mais je n'arrivais toujours pas à le croire.

— Toi aussi, tu t'es servie de moi. Cette semaine, tu m'as donné du bon temps et, moi, je t'ai fait découvrir comme tu es sensuelle, ce que tu avais toujours nié, sinon tu ne serais pas restée vierge si longtemps.

— C'est vrai, et je t'en remercie, répondis-je sur un ton léger, pour le blesser comme il m'avait blessée. Et mon prochain amant profitera des leçons que tu m'as données.

Sur ces mots, je tournai les talons et me dirigeai vers l'hélicoptère. Mais dès que l'énorme engin noir eut décollé, tandis que le soleil se couchait à l'horizon, je fus incapable de retenir mes larmes. Des larmes de tristesse et d'angoisse, mais aussi d'humiliation à la pensée de ma propre stupidité.

Comment avais-je pu être assez naïve pour me laisser abuser par Dante Allegri ? Comment avais-je pu croire que, au-delà de sa rudesse et de son ambition, de son magnétisme sexuel et des horreurs qu'il avait subies dans son enfance, je trouverais une âme sœur, un homme généreux ?

Séchant mes joues, je détournai le regard de la villa pour contempler l'horizon.

J'allais survivre, j'allais réussir. Je deviendrais la meilleure employée qu'il ait jamais eue. Et je lui serais même reconnaissante de la leçon qu'il m'avait donnée, une leçon que je croyais pourtant avoir déjà apprise, durant mon enfance.

Ne jamais tomber amoureuse d'un homme qui place l'argent, le pouvoir et l'ambition au-dessus de l'amour.

18.

— C'est Edie qui parle avec Alexi Galanti ? demandai-je à Joe, qui venait de m'accueillir à l'entrée de l'Inferno.

Moulée dans un fourreau de soie bleue, elle se tenait à côté du propriétaire de l'écurie de Formule 1, à l'autre bout de la salle.

Un mélange d'angoisse et de colère me noua la gorge. Cela faisait trois semaines que je n'étais pas revenu à Monaco. Trois longues semaines de torture, hantées par les moments passés en compagnie d'Edie. Son air déterminé et tendu, le premier soir pendant la partie de poker. Ses lèvres tremblantes mais passionnées, quand je l'avais embrassée au clair de lune. Ses seins rebondis dans son bikini. Ses bras tendres et accueillants pendant que nous dansions au bal des investisseurs. Le vert profond de ses yeux remplis de larmes lorsque je l'avais forcée à voir la réalité, qui j'étais, et le peu que je pouvais lui offrir.

Tandis que je la couvais d'un regard plein de désir, tous ces souvenirs me revenaient en mémoire, comme chaque fois que je me réveillais, le cœur vide. Des souvenirs qui m'avaient poussé à revenir à Monaco sans m'être annoncé. Parce que, au bout de trois semaines de séparation, après avoir tout fait pour l'oublier, en vain, je n'en pouvais plus.

Et voilà que cette femme que j'avais initiée au plaisir, regardait un autre homme.

— C'est Edie qui reçoit ce soir le Club des Millionnaires. Alexi fait partie des joueurs.

Ma tête bourdonnait si fort que je pouvais à peine comprendre ce que me disait Joe.

Pourquoi souriait-elle à Alexi de cette façon ? Y avait-il quelque chose entre eux ? Pourquoi n'avais-je pas cédé à mon intuition et n'étais-je pas revenu plus tôt ? Edie, si innocente, au milieu de tous ces requins… Et Alexi, mon ami – ou plutôt mon ancien ami – le plus vorace de tous.

— À propos, ça fait plaisir de te voir, ajouta Joe sur un ton si sec qu'il m'arracha à mes pensées. On ne t'attendait pas avant la semaine prochaine.

— J'ai changé d'avis, répondis-je avant de lui tourner le dos pour observer la femme qui hantait mes rêves.

Alexi la serrait de beaucoup trop près, et ça ne me plaisait pas. Pas plus que je n'aimais le décolleté trop profond de sa robe.

— Du calme, Dante, reprit Joe en claquant des doigts sous mon nez.

— Pardon ?

Je réussis à détourner le regard.

— Tu la regardes comme si tu t'apprêtais à la dévorer toute crue.

C'était exactement ce que j'avais envie de faire.

Je m'humectai les lèvres en tentant de contrôler mes sens.

— Alexi ferait mieux de ne pas la serrer de trop près. Elle est sur son lieu de travail.

— Je le sais, dit Joe en me regardant d'une drôle de façon. Et toi ?

— Qu'est-ce que ça veut dire ?

— Tu le sais parfaitement.

Ma colère s'accrut encore. Joe était mon meilleur ami depuis l'adolescence, mais personne n'avait le droit de me parler de cette façon.

— Tous les jours, reprit-il, tu m'as appelé pour faire le point à son sujet, et maintenant te voilà, alors que tu devrais être à Paris. Qu'est-ce qui se passe ? Je croyais qu'entre vous c'était terminé.

— Alexi flirte avec mon employée et moi, je suis censé

trouver ça drôle ? demandai-je, le regard rivé sur Edie, à l'autre bout de la salle.

Elle m'avait trop manqué. La voir, respirer son odeur, la sentir lovée contre moi pendant que nous dormions. Quand ce désir que je ne pouvais maîtriser allait-il enfin disparaître ? Et pourquoi en la voyant, me sentais-je plus submergé encore par tous ces souvenirs ?

— Alexi flirte avec toutes les femmes, déclara Joe, un ton plus haut. Jusque-là, ça ne t'a jamais gêné.

Les regards commençaient à se tourner vers nous. Au même moment, Alexi leva la main pour replacer une mèche derrière l'oreille d'Edie, et celle-ci lui sourit, de ce sourire tendre qu'elle me réservait autrefois. La rage que j'avais jusque-là réussi à maîtriser explosa soudain.

« Mon prochain amant profitera des leçons que tu m'as données. »

Depuis qu'elle avait prononcé ces mots, ils m'obsédaient, mais j'étais resté au loin, de peur de m'abandonner au désir et à la jalousie. Terrible erreur.

— *Bastardo !*

Tous les regards s'étaient tournés vers moi.

— Dante, arrête ! s'écria Joe en me prenant par le bras.

Je me dégageai et fendis la foule. Il me fallait absolument protéger Edie des types comme Alexi Galanti. Elle était trop innocente, trop naïve… Comment avais-je pu lui proposer un travail qui la mette en contact avec des salauds comme lui ? Et la laisser seule ? Elle avait besoin que je la protège, plus que jamais. Même si nous n'étions pas ensemble, je devais veiller à sa sécurité.

Elle tourna la tête vers moi, comme si elle avait senti que j'approchais d'elle, et son regard d'émeraude, si fascinant, croisa le mien et me figea sur place.

— Dante ?

— Galanti, tu es exclu ! criai-je à l'intention d'Alexi sans la quitter du regard.

Je la pris par le bras pour l'entraîner vers le poste de surveillance, à l'arrière de la salle. Sous mes doigts, sa peau me parut douce et si fragile. Je desserrai un peu mon emprise, craignant de lui faire mal, mais sans la lâcher. Alexi nous cria des mots que je n'entendis pas à cause du sang qui battait à mes oreilles, mais tout m'était égal, sauf Edie, et la rage qui continuait à m'habiter.

— Tu es revenu ? J'ai fait quelque chose de mal ?

Elle paraissait stupéfaite et méfiante, mais entra sans résister dans le poste de surveillance.

— Il faut qu'on parle. Tout le monde dehors, ajoutai-je en direction des trois hommes qui se trouvaient dans la pièce.

Ils s'exécutèrent, et je lâchai le bras d'Edie en refermant la porte du pied. La lumière bleue des écrans illuminait son visage adorable. Elle avait relevé ses cheveux en chignon, mais laissé quelques boucles s'échapper sur la nuque. Sa poitrine pleine se soulevait à un rythme haletant. J'eus soudain envie d'enfouir mon visage au creux de son cou pour humer son odeur fraîche et charnelle, de passer la langue sur sa gorge, de lui arracher sa robe pour sucer le bout de ses seins rebondis…

Dante, reprends-toi ! Dio !

Je secouai la tête pour dissiper la brume érotique qui m'environnait. Je n'étais pas là pour m'abandonner au désir, mais pour la protéger contre des types du genre d'Alexi Galanti… Ou de moi-même.

— Tu couches avec lui ? m'enquis-je d'une voix rauque tout en notant l'incohérence de ma conduite.

Je l'avais quittée pour la préserver de moi, et elle s'était immédiatement laissé séduire par un homme aussi blasé et cynique que je l'étais, sinon davantage encore. J'aurais dû revenir plus tôt pour la surveiller. Je lui avais offert ce poste pour assurer sa sécurité et garder l'œil sur elle, et puis j'étais parti, comme un idiot ! Mais désormais, j'étais de retour et je ne repartirais plus avant qu'elle ait compris que je ferais tout pour la protéger. Même de sa propre naïveté.

— Il ne te convient pas plus que moi, *bella* !

Elle me regarda et rougit innocemment. Elle avait dû se croire pleine d'expérience, mais elle se trompait : elle était trop crédule, trop naïve, trop idéaliste pour comprendre comment fonctionnent les hommes.

Je posai la main sur sa joue, mais elle s'écarta vivement.

— Dis-moi, *bella*, m'enquis-je en me cuirassant contre sa réponse, est-ce que tu couches avec Alexi ?

19.

— Je ne vois pas en quoi ça te regarde, balbutiai-je, luttant contre l'émotion qui m'étreignait.

À peine avais-je vu Dante se diriger vers moi, indomptable, dans son jean noir et son polo au milieu des smokings et des robes du soir qui s'écartaient devant lui, qu'une bouffée d'amour m'avait submergée, malgré tout le mal qu'il m'avait fait. J'essayai de maîtriser le tremblement qui m'avait saisie dans un flot d'émotions contradictoires. Je le regardai, cherchant à comprendre, mais il était comme fou. Mille questions se bousculaient dans ma tête : que faisait-il là ? Pourquoi cette colère ? Qu'est-ce que M. Galanti avait à y voir ? Surtout, comment pouvait-il me regarder avec tant de désir alors qu'il m'avait quittée si facilement ? J'avais mis trois semaines à me convaincre que je n'étais pas responsable de cette rupture. Évidemment, je n'aurais pas dû lui parler de sa mère, mais je l'avais fait par amour.

— J'ai besoin de savoir si Alexi t'a séduite. Parce que si c'est le cas, je vais le tuer, déclara-t-il froidement.

— Arrête de me parler de M. Galanti. Tu es devenu fou ?

— Donc, M. Galanti, pas Alexi. *Grazie a Dio.* Tu n'as pas couché avec lui. C'est une excellente nouvelle, *bella,* dit-il en me caressant la joue.

Une onde de désir brûlante me traversa le corps, désir de céder à sa caresse, à ses compliments, à sa protection. N'était-ce pas ce dont je rêvais depuis que j'avais quitté la Villa Paradis ? Il allait revenir me chercher, me dire qu'il m'aimait, m'emmener, s'excuser de m'avoir fait tant de mal.

Soudain, une bouffée de fureur reflua en moi, plus forte encore que la passion. Trois semaines plus tôt, cet homme m'avait plaquée avec cruauté. Et je n'avais plus qu'une envie : le faire souffrir à mon tour.

Je lui frappai la main si fort qu'il poussa un cri.

— Ne me touche pas, hurlai-je. Comment oses-tu me questionner sur ma vie privée ? Tu... Tu n'en as pas le droit.

— J'en ai parfaitement le droit, déclara-t-il même s'il semblait très choqué. Tu es mon employée, et j'ai été ton premier amant. Je tiens à te protéger. Alexi est un séducteur notoire. Il prend les femmes et après il les jette, il...

— Tout ça n'a rien à voir avec M. Galanti, le coupai-je, trouvant finalement les mots que j'aurais dû lui dire trois semaines plus tôt. Et cesse de me jeter ma virginité à la face. Si j'ai été innocente, je ne le suis plus. Si tu tiens tant à me protéger, pourquoi ne m'as-tu pas d'abord protégée de toi, Dante ?

J'essuyai les larmes que je ne pouvais empêcher de couler, sans en avoir honte pour autant.

— *Bella*, je t'en prie, ne pleure pas, souffla-t-il en s'approchant de moi, mais je fis un pas en arrière.

— Non, m'écriai-je, le cœur battant. C'est toi qui m'as quittée, Dante, et je ne veux pas que tu reviennes dévaster ma vie. Tu n'as pas à me dire avec qui je peux coucher. Ne m'appelle plus *bella*, comme si j'étais à toi, ne me regarde plus comme si tu t'intéressais à moi, alors que nous savons tous les deux que ce n'est pas vrai. Tu m'as fait du mal ! Je sais que notre relation n'a duré que cinq jours, je sais que j'ai surréagi, que j'ai été trop romantique. Mais ces sentiments, je les ressens encore. Je suis tombée amoureuse de toi, et tu le savais... Pourtant, tu n'as fait aucun cas de moi.

— Tu étais innocente. Si je t'ai quittée, c'était pour te protéger, dit-il d'une voix enrouée par l'émotion.

Il le croyait vraiment, et cela me faisait plus mal encore.

— C'est faux ! Tu n'as cherché qu'à te protéger toi-même.

Je compris à quel point c'était sans espoir et croisai les bras pour maîtriser mes tremblements.

— Je ne sais pas ce que ta mère t'a fait, Dante, mais quoi qu'il en soit, j'espère qu'un jour, tu réussiras à dépasser ça.

Il s'était raidi. De toute évidence, j'avais touché un point sensible.

Et maintenant il fallait que je parte, que je m'éloigne de lui. J'avais fait une erreur en acceptant ce travail pour de mauvaises raisons, parce que j'avais envie de le revoir, même si lui n'en avait plus envie. Je voulais l'impressionner, aussi.

Au cours des trois dernières semaines, je m'étais convaincue que j'avais cédé à son charme par une sorte de fatalité que ma mère m'aurait transmise. Sans père, j'avais éprouvé le besoin d'attirer un homme qui me protégerait.

Mais maintenant je comprenais que c'était plus personnel… Et je n'avais pas été la seule à commettre des erreurs. Oui, Dante avait raison, j'étais innocente et naïve, trop idéaliste aussi. Il était mon premier amant et mon premier amour, et c'était un homme de pouvoir. Il s'était servi de moi, et il était plus que temps que je me protège de lui et de l'effet dévastateur qu'il avait sur moi.

— Où vas-tu ? questionna-t-il. Tu es toujours mon employée.

— Plus maintenant, répondis-je. Je démissionne.

20.

— Il faut que tu ailles la chercher, Dante. Excuse-toi platement, fais ce que tu veux, mais on a besoin d'elle ici.

— Non, répondis-je à Joe, avec un calme que j'étais loin de ressentir.

— Pourquoi non ?

Il se pencha vers moi, de l'autre côté de mon bureau, et je compris qu'il allait me resservir le discours qu'il me tenait depuis trois jours qu'Edie était partie, vêtue de la robe que je lui avais achetée et qu'elle m'avait renvoyée le lendemain avec le reste de la garde-robe dessinée par Nina Saint Just de la Roche.

Suite à notre dispute dans le poste de surveillance, je ressentais au creux de l'estomac un énorme vide et une terrible culpabilité.

— Parce que je n'ai aucune raison de m'excuser.

— Bien sûr que si. Tu t'es comporté comme un crétin. Si…

— Ce n'est pas que je ne veuille pas m'excuser, c'est que ça ne servirait à rien, le coupai-je, très mal à l'aise.

Cela faisait trois nuits que je ne dormais plus, trois nuits peuplées de cauchemars, les mêmes que ceux qui m'avaient hanté durant toute mon enfance. Le visage de ma mère, triste et implorant. Ma terreur d'enfant quand j'avais compris qu'elle ne reviendrait plus jamais. Je me réveillais couvert de sueur en proie aux interrogations qui m'avaient tourmenté autrefois : pourquoi ne m'aimait-elle pas ? Pourquoi m'avait-elle abandonné ?

Mais cette fois, la réponse était évidente. Edie m'avait abandonné parce que j'étais un égoïste et un lâche. J'avais refusé de croire en mes sentiments et en les siens à cause d'un événement qui s'était produit vingt-cinq ans plus tôt. Je l'avais quittée pour me protéger, et le résultat était là. J'avais tout détruit avant même de comprendre ce que je possédais. J'avais tout perdu, et maintenant il était trop tard.

— Elle a besoin de ce travail, protesta Joe. Elle a une hypothèque à payer. D'ailleurs, elle est très douée. Si tu lui jures de ne plus te comporter comme un crétin, elle…

— Je ne peux pas. Parce que je ne peux pas en être certain. Quand il s'agit d'elle, je perds la raison. Ça m'a rendu fou de la voir avec Alexi. En ce moment même, l'idée qu'elle puisse être avec un autre me noue l'estomac.

Et ça risquait de durer, je le savais. Joe ouvrit de grands yeux en jurant en irlandais.

— Jamais je n'aurais imaginé que tu étais amoureux d'elle, dit-il en s'affaissant sur sa chaise, comprenant enfin l'horreur de la situation. Et c'est arrivé en moins d'une semaine ! C'est fou !

J'eus un petit rire sans joie. *Precisamente*. Curieusement, cette idée ne me faisait même pas peur. Quelques jours plus tôt, j'aurais ri si mon ami avait suggéré que je puisse être amoureux. Je l'aurais traité d'idiot romantique, moi qui avais accusé Edie d'être naïve et idéaliste.

En fait, je n'avais jamais cru à l'amour, je le considérais comme un signe de faiblesse, de sentimentalité. À éviter à tout prix.

— Je n'arrive pas à croire qu'elle soit partie quand tu le lui as demandé. J'aurais juré qu'elle éprouvait la même chose. Lorsque tu as rompu avec elle, à la Villa Paradis, ça l'a démolie, même si elle a tout fait pour le cacher, la pauvre petite.

Un gouffre béant de culpabilité se creusa dans ma poitrine au souvenir des larmes qui avaient coulé sur les joues d'Edie, dans le poste de surveillance.

« Je suis tombée amoureuse de toi, et tu le savais… Pourtant, tu n'as fait aucun cas de moi. »

— Je ne lui ai pas demandé de partir, Joe, mais la manière dont je me suis comporté avec elle l'a fait fuir. Je lui ai fait mal.

À quoi bon lui avouer que je l'aimais, alors que je m'étais conduit avec elle de façon inexcusable ? Jamais je ne pourrais me pardonner.

— Prétexte, répondit Joe. Comment peux-tu savoir ce qu'elle aurait fait, puisque tu ne lui as même pas révélé tes sentiments ? Tu as choisi à sa place.

Il avait l'air si convaincu que je sentis quelque chose se dénouer dans ma poitrine. Se pouvait-il qu'il ait raison ? Et qu'il me reste encore une chance ?

Mais si elle persistait à me rejeter ? La vraie raison qui m'empêchait d'aller la trouver et de lui dévoiler mes sentiments, était-ce la peur qui m'avait hanté toute ma vie, la peur d'être rejeté ? Edie avait le pouvoir de me faire du mal comme aucune autre femme depuis ma mère. Sauf qu'Edie n'était pas ma mère. Elle ne m'avait pas abandonné. C'était plutôt moi qui l'avais abandonnée.

Des images d'elle m'assaillirent : splendide dans sa robe du soir d'occasion, jouant au poker pour sauver sa maison ; apeurée, un bleu sur la joue, après s'être bagarrée avec une brute ; pleurant à chaudes larmes tout en me tenant tête.

Edie était courageuse et forte, passionnée et pleine de ressources. Pour protéger sa famille et sa maison, elle avait pris de gros risques. Peut-être était-il temps pour moi d'en faire autant… si je voulais me montrer digne d'elle.

21.

— Edie ! Enfin tu es revenue ! Tu n'as pas reçu mes textos ? s'exclama ma sœur au moment où je posai par terre mon sac plein de produits d'entretien.

— J'étais au travail, Jude, répondis-je en étirant mon dos fourbu par des heures à récurer un parquet. Je ne pouvais pas répondre au téléphone. Si on m'avait vue, on m'aurait traitée de tire-au-flanc.

J'avais eu raison de quitter mon travail au casino, car si j'étais restée, jamais je n'aurais réussi à gérer mes sentiments pour Dante. Mais retourner faire des ménages était une punition supplémentaire que je n'avais pas méritée.

— Il y a quelqu'un qui t'attend dans la bibliothèque.

— Qui donc ?

— M. Allegri. Il veut te proposer de retravailler pour lui.

Elle avait l'air si ravie que je n'eus pas le cœur de la détromper. Je n'avais rien expliqué à Jude, surtout pas que j'étais tombée amoureuse d'un homme aussi destructeur que ceux qui gravitaient autour de notre mère.

— Je ne veux pas le voir.

Quoi qu'il ait à me dire, je ne pouvais pas lui parler. Ça me ferait trop de mal, et je n'étais même pas sûre d'avoir le courage de le repousser à nouveau. Mais Jude m'avait déjà prise par le bras pour me pousser vers la bibliothèque.

— Ne sois pas stupide, il faut que tu le voies. Il est

venu en hélicoptère et il semble… comment dire ? Il semble désespéré.

Sans que j'aie eu le courage de lui avouer la vérité, elle me poussa dans la pièce, avant de refermer la porte et de s'enfuir.

— Edie ?

Je devinai la silhouette de Dante dans l'ombre, car la pièce n'était éclairée que par une seule lampe. Sa haute taille et ses épaules larges eurent sur moi l'effet attendu. J'essayai de résister, d'être forte, Mais j'étais bel et bien tombée dans le même piège que ma mère. Sauf que si j'avais pu éviter Dante assez longtemps, j'aurais fini par m'en remettre.

— Il faut que tu partes, Dante. Et je ne retournerai pas à L'Inferno, si c'est pour ça que tu es venu.

J'avais bien travaillé, je le savais, et c'était sans doute ce qui le faisait revenir à la charge. C'était un pragmatique, un homme d'affaires et, en trois semaines, j'avais démasqué trois tricheurs de haut vol.

— Je ne suis pas venu parler travail mais te poser une simple question, dit-il en se dirigeant vers moi. Est-ce que tu m'aimes ? Si c'est le cas, il n'est pas trop tard.

Devant l'intensité de son regard, le désespoir m'assaillit. Je secouai la tête pour dire non, et j'aurais aimé croire à ma réponse. Comment pouvais-je être folle d'un homme qui m'avait fait tant de mal ?

Comme je restais silencieuse, une lueur d'espoir brilla dans son regard.

— Dis-moi que tu ne m'aimes plus, et je m'en vais, *bella*. Nous n'en reparlerons plus jamais.

À cet instant, une part de moi le détestait. Si je niais mes sentiments pour lui, il me démasquerait. Et c'était déloyal de sa part de me forcer à me dévoiler ! Il jouait avec ma vulnérabilité.

Incapable de répondre, je voulus m'enfuir de la pièce, mais il me rattrapa et, quand je tentai d'ouvrir la porte, il la bloqua des deux mains, m'emprisonnant entre ses bras, le front pressé contre le bois. Son odeur excitante – sel, cèdre et musc – emplit mes narines.

— Tu ne peux pas le dire, *bella*, tu mentirais, souffla-t-il à mon oreille. Tu m'aimes et tu me désires encore.

Je me retournai et posai les paumes contre son torse, tandis qu'il se penchait pour m'embrasser. Sur son visage, je lus un désir qui s'accordait au mien, mais je trouvai la force de le repousser.

— Tu ne comprends pas que j'en ai assez ?

À ma grande surprise, au lieu de profiter de ma faiblesse, il laissa ses bras retomber.

— Peu importe que je t'aime ou que je te désire. Si je te permets de m'embrasser après la façon dont tu m'as traitée, c'est comme si je t'autorisais à recommencer. C'est comme ça que ma mère a fini par devenir l'ombre d'elle-même. Chaque fois qu'elle entamait une nouvelle liaison, elle réussissait à se convaincre que cet homme-là serait différent. Elle faisait tout pour se faire aimer, mais elle échouait toujours, parce qu'elle était trop gentille, trop accommodante. Les hommes se lassaient d'elle comme tu t'es lassé de moi.

— Jamais je ne me suis lassé de toi ! protesta-t-il d'une voix rauque. Je t'ai toujours désirée et je te désire encore.

Pour la première fois, il ne cherchait plus à cacher son désir ni à le maîtriser.

— Oui, mais c'est de sexe qu'il s'agit.

— Non, répondit-il avec une ferveur inconnue dans la voix. Je n'ai pas seulement envie de coucher avec toi, je veux que tu fasses partie de ma vie. J'apprécie ton corps délectable, mais aussi ton humour, ta joie de vivre, ta gentillesse et ton intelligence.

Il leva les mains comme pour me toucher, avant de les laisser retomber en me voyant tressaillir.

— C'est pour cette raison que je ne peux plus vivre sans toi et que je suis devenu fou en te voyant parler à Alexi. Moi aussi, je suis amoureux de toi, *bella*. S'il te plaît, dis-moi qu'il n'est pas trop tard !

Ses mots me firent d'autant plus mal que je le savais sincère, mais je me forçai à étouffer l'espoir qu'ils faisaient naître en moi. Parce que c'était presque pire. Si Dante était amoureux de moi, comment avait-il pu me faire tant de mal ? Et qu'est-ce qui l'empêcherait de recommencer ?

— Si tu m'aimais, comment as-tu pu me traiter de cette façon ?

Le visage sombre, il poussa un long soupir. Mais il me fallait une réponse.

— Parce que j'étais terrifié de t'aimer.

Au même instant, un rayon de lune illumina son visage et, pour la première fois, je vis des cernes sous ses yeux et de fines rides autour de sa bouche. Il avait l'air épuisé. J'eus envie de prendre sa tête entre mes mains et de lui promettre de chasser les démons qui l'assaillaient, d'où qu'ils viennent… Mais je serrai les poings : si je le réconfortais trop vite, je ne saurais jamais pourquoi il avait si mal réagi, et c'est moi qui aurais peur de ce qui pourrait se produire.

— Qu'est-ce qui te terrifiait à ce point ? lui demandai-je.

Un éclair de panique passa dans son regard, et j'en eus le cœur serré.

— Que tu m'abandonnes, dit-il à voix si basse que j'eus peine à l'entendre. Comme elle, elle l'a fait.

— Ta mère ?

Sa pomme d'Adam fit un aller-retour, puis il acquiesça de la tête.

— Quand tu m'as posé des questions à son sujet, je t'ai menti. J'ai dit que je ne me souvenais pas d'elle, mais en fait, quand je suis tombé amoureux de toi, tout m'est revenu. Tout ce qui s'est passé ce jour-là. Et j'ai eu peur que ça recommence.

Il détourna le regard, mais son visage était d'une infinie tristesse. S'il m'avait rejetée, c'était par peur de me perdre. Ça semblait fou mais, d'un autre côté, c'était parfaitement compréhensible.

Sans pouvoir me retenir plus longtemps, je pris son visage entre mes mains. Il se raidit quand je l'embrassai avant de se détendre enfin.

— Si tu me racontais ce qui s'est passé ? lui demandai-je.

Il posa son front contre le mien et me prit dans ses bras, en proie à un désespoir évident.

22.

Si j'évitais cette conversation, je continuerais à vivre dans le déni. Comment mes blessures pouvaient-elles être encore si douloureuses, après tant d'années ? Quoi qu'il en soit, je devais la vérité à Edie. Pour gagner sa confiance, il me fallait être honnête, avec elle.

— J'avais cinq ou six ans, commençai-je en m'accrochant à elle, tandis que je m'enfonçais dans le trou noir de ma mémoire. La nuit précédente avait été… violente. Son souteneur l'avait battue. J'avais tenté d'intervenir et il m'avait battu, moi aussi…

Edie frémit, et ses doigts se crispèrent sur mon dos comme pour m'empêcher de chanceler.

— Ça va aller, je suis là, dit-elle.

Ses mots me rappelèrent que je n'étais plus un petit garçon terrifié et brutalisé, mais un adulte et que, contrairement à ma mère, Edie ne me ferait jamais de mal.

— Peut-être est-ce la raison pour laquelle ma mère a préféré se débarrasser de moi. Le lendemain matin, elle a beaucoup pleuré, puis elle m'a habillé avec mes plus beaux vêtements et m'a emmené sur les marches de l'église où nous assistions à la messe tous les dimanches. C'est drôle, tu ne trouves pas, une prostituée qui allait à la messe ?

— Continue.

— Elle m'a dit de l'attendre là, qu'elle allait revenir bientôt et qu'elle m'aimait. Puis elle est partie.

Mon amertume s'accrut au souvenir de ses derniers mots et du tremblement dans sa voix lorsqu'elle m'avait soufflé ce mensonge à l'oreille : « *Coraggio, Dante. Ti voglio bene assai.* »

« Sois courageux, Dante. Je t'aime beaucoup. »

— J'ai attendu, des gens entraient et sortaient. Un prêtre est venu me parler, puis un policier et un travailleur social. Il s'était mis à pleuvoir, et ils ont voulu me faire entrer dans l'église. Ça m'a rendu fou, je leur ai dit que je ne pouvais pas entrer, pas m'éloigner. J'étais certain qu'elle allait revenir, parce qu'elle me l'avait promis. Et j'avais peur que si je partais, elle ne me retrouve plus jamais.

Je me mis à trembler en me rappelant mes larmes, mes cris, la pluie glaciale et les grognements du policier quand j'avais voulu lui échapper.

— Dante, je suis désolée.

Les bras d'Edie se refermèrent sur moi, et elle enfouit ma tête contre sa poitrine. Je sentis ses larmes mouiller ma chemise, pas des larmes de pitié, mais de compassion.

— Ça a dû être tellement horrible pour toi… Et pour elle aussi.

Ces derniers mots me frappèrent de plein fouet, et je m'écartai, en proie à une émotion incontrôlable.

— Pour elle ? Pourquoi ? Elle ne m'aimait pas, puisqu'elle venait de m'abandonner.

— Tu le crois vraiment ?

— Bien sûr.

— Qu'est-ce qui t'est arrivé après ?

— J'ai été placé dans une famille d'accueil par les services sociaux de Naples. J'ai trouvé ça très dur. Je me sentais si seul, et ma mère me manquait. Je lui en voulais terriblement de m'avoir abandonné.

— Tu as été maltraité ou abusé ?

— Non. Quand je repense aux nombreuses familles qui m'ont accueilli, je me dis que c'est plutôt moi qui les ai abusés. Des braves gens qui travaillaient dur et qui auraient voulu m'aider, mais dont j'ai rejeté l'aide.

— Crois-tu que ta mère ait pu te laisser non pas parce qu'elle ne t'aimait pas, mais au contraire parce qu'elle t'aimait beaucoup ? Parce qu'elle ne voulait pas que tu subisses de nouveau des coups à cause de la vie qu'elle menait ? Peut-être a-t-elle cherché à te protéger de son souteneur violent ? risqua-t-elle d'une voix douce et dénuée de toute critique.

En l'entendant, je sentis un gouffre s'ouvrir au creux de ma poitrine et, soudain, tous les souvenirs enfermés dans mon subconscient depuis des années m'assaillirent.

« *Ti voglio bene assai.* » Combien de fois ma mère me l'avait-elle répété ! Des centaines. Des milliers. Combien de fois m'avait-elle serré dans ses bras pour m'embrasser et chatouillé le ventre pour me faire rire ? Et raconté des histoires tard le soir, quand les clients étaient partis, pour m'aider à m'endormir ? Maintenant, je revoyais nettement son visage et je réalisais comme elle était jeune. Elle n'était probablement qu'une adolescente, lorsqu'elle était devenue mère. Et quand elle m'avait abandonné, elle n'avait guère plus de vingt ans.

Je sentis une boule de chagrin se former dans ma gorge.

— *Dio !* murmurai-je en m'accrochant à Edie. Comment ai-je pu ne pas m'en rendre compte plus tôt ?

Tout devenait plus clair. La peur avait chassé les bons souvenirs. En haïssant ma mère, je m'étais protégé de la souffrance que notre séparation m'avait causée. J'avais tout fait pour ne plus accorder ma confiance à quiconque, pour ne plus aimer. Jusqu'à ma rencontre avec Edie, que j'avais fini par traiter honteusement.

— Je l'ai accusée d'avoir été égoïste et lâche, alors que c'est moi qui l'ai été.

Edie prit mon visage entre ses mains pour m'obliger à la regarder. Et l'amour que je lus dans ses yeux me dévasta.

— Mais non, Dante. Tu es réellement un brave type.

Sûrement pas, mais si elle le croyait, tant mieux. Au point où j'en étais, peu importait que je le mérite. J'étais prêt à prendre tout ce qu'elle voudrait bien m'accorder.

— Après ce qui s'est passé avec ta mère, je comprends

que tu aies voulu me rejeter, déclara-t-elle, toujours décidée à voir le meilleur en moi.

— Cela veut-il dire que tu me pardonnes, *bella* ? demandai-je, prêt à croire au miracle.

Ses lèvres esquissèrent un sourire qui effaça tous les tourments que j'endurais depuis des semaines. Le bonheur me submergea : elle était prête à m'offrir une seconde chance. Qu'avais-je fait pour mériter une femme aussi adorable ?

— Qu'en penses-tu ? demanda-t-elle en nouant les bras autour de mon cou avant de me tendre ses lèvres.

Pour toute réponse, je la pris par les hanches et m'emparai de sa bouche, bien décidé à me montrer digne d'elle pour l'éternité.

23.

Le baiser de Dante fit éclore dans mon cœur un espoir mêlé de tendresse. Il était venu à moi, il m'avait déclaré son amour, il m'avait parlé de sa mère – un sujet difficile à aborder pour lui. Nous avions une chance de construire une relation solide et durable, et j'avais bien l'intention de la saisir.

Malgré nos vêtements, je sentais son érection contre mon ventre, aussi puissante que la passion qui m'habitait.

— Tu vas revenir travailler à L'Inferno et vivre avec moi à la Villa Paradis ? murmura-t-il en m'embrassant dans le cou.

— Oui, oui !

Je n'avais qu'une envie, passer le plus de temps possible avec lui, et j'aimais ce travail au casino.

— Mais, poursuivis-je, tu dois me promettre de ne plus jamais t'emporter comme tu l'as fait sur mon lieu de travail.

— Jamais plus je ne m'emporterai contre toi, *bella*.

En l'entendant capituler si vite, je fus inondée de joie à l'idée qu'il me respectait tout autant sur le plan personnel que professionnel.

— Mais si Galanti te sourit encore de cette façon, gare à lui, ajouta-t-il.

Puis il m'embrassa avec une telle fougue que je perdis aussitôt le pouvoir d'argumenter. Mais qu'importe, il serait temps, plus tard, de lui faire entendre raison.

Pour l'heure, seul comptait le plaisir de retrouver l'homme dont j'étais tombée follement amoureuse.

Épilogue

— C'était Joe. Nous en avons terminé avec l'organisation du stage, criai-je à Dante en éteignant mon smartphone, pour dominer le bruit de l'hélicoptère qui atterrissait à la Villa Paradis. En fin d'année, le personnel du casino devrait être capable de gérer les différents systèmes que j'ai mis au point.

J'étais fière du rôle que je tenais à la direction des jeux et de la sécurité d'Allegri.

— Excellent boulot, *bella*, approuva Dante en débouclant sa ceinture et la mienne, tandis que l'hélicoptère s'immobilisait sur l'héliport de la Villa. Mais plus question de travailler jusqu'à la fin du week-end, ajouta-t-il en s'emparant de mon téléphone. Sinon, tu seras virée.

— Tant pis pour toi, répondis-je en le prenant par la taille. Je connais quelques directeurs qui se feront un plaisir de m'embaucher immédiatement.

— Ils risqueraient leur vie, répliqua-t-il avant de m'embrasser d'une façon très possessive.

Ce baiser léger devint vite, comme toujours, beaucoup plus sensuel. Soudain, il me souleva sur son épaule.

— Qu'est-ce que tu fais ? Repose-moi par terre.

— Du calme, femme, sinon je te lâche, dit-il en dépassant le pilote et Collette qui nous observaient d'un air amusé.

Au lieu de rentrer dans la maison, comme je m'y attendais, il traversa le jardin pour gagner l'escalier qui menait à notre plage personnelle, où il finit par me poser.

Cela faisait plus d'un an que nous avions fait l'amour

pour la première fois dans cette crique, une année pleine de passion, de légèreté et de rires. Une année aussi de discussions enflammées, car Dante restait l'homme le plus exaspérant du monde. Et le plus merveilleux.

— Tu es complètement fou, lui dis-je. Comment as-tu pu me transporter comme ça devant tout le monde ? Comme si tu étais un pirate et moi, ta captive. Jamais plus ils ne me prendront au sérieux !

— Ils t'adorent tous, voyons, dit-il avec dans les yeux une étincelle qui me donna des frissons. Si tu ne veux pas être traitée comme une captive, ne me menace pas de partir.

Je rougis quand il me prit le visage entre ses paumes et que ses doigts me caressèrent le cou au passage.

— Tu me rends fou, murmura-t-il.

— Jamais je ne te quitterai, Dante.

Il m'adressa un sourire sensuel qui me fit fondre.

— Peut-être, mais je crois qu'il est temps d'officialiser notre situation, et je voulais t'amener ici pour le faire.

Mon cœur se mit à battre à toute allure, quand il tira de la poche de son jean un écrin de velours. Il l'ouvrit, révélant un anneau d'or blanc orné de petites émeraudes qui scintillaient au soleil. Alors, il posa un genou sur le sable.

— Mon amour, ma vie, ma *bella*, dit-il d'une voix rauque et très sérieuse, veux-tu devenir ma femme ?

Je couvris ma bouche de mes doigts tremblants, et des larmes de joie roulèrent sur mes joues. J'étais si surprise et si émue que j'avais du mal à parler.

— Oh ! Dante, je… je… je ne peux pas…

— Tout ce que tu as à dire, *bella*, c'est oui, dit-il tendrement avec une lueur d'incertitude dans le regard.

— Oh ! Dante, répétai-je en me précipitant vers lui pour le serrer dans mes bras. Oui, trois fois oui !

J'avais crié si fort que le monde entier aurait pu m'entendre, et d'abord lui.

Nous roulâmes sur le sable en riant tous les deux. Lorsqu'il se releva, le soleil illuminait sa chevelure sombre.

— Mon Dieu, je crois que j'ai perdu la bague, dit-il en contemplant l'écrin vide qu'il serrait toujours dans sa main.

— Ça n'a pas d'importance, répondis-je en nouant les bras autour de son cou pour l'attirer à moi. Ensemble, nous arriverons bien à la retrouver.

Il me sourit, et je lus dans ses yeux une brûlante promesse pour nos années à venir.

— Oui, dit-il sur un ton aussi confiant que l'était mon cœur, ensemble, nous la retrouverons.

Il m'embrassa. Ses lèvres avaient un goût d'amour, de soleil, de bonheur… et de sable !

Retrouvez en décembre 2019,
dans votre collection

Azur

L'héritier secret de Noël, de Clare Connelly - N°4158

Jamais il ne la reverra ! Lorsque Gabe Arantini apprend que l'innocente beauté avec laquelle il a passé une nuit de délices n'est autre que la fille de son rival en affaires, il est furieux. Mais un an plus tard, alors que Noël s'annonce, Abigail se présente à lui pour lui révéler qu'il est le père d'un petit garçon. Malgré sa stupeur et sa fureur d'avoir été ainsi tenu à l'écart de la vie de son enfant, Gabe décide, pour légitimer son héritier, d'épouser la femme qui l'a trahi…

Noël avec un irrésistible patron, de Carole Mortimer - N°4159

Secrétaire particulière d'un talentueux et célèbre photographe, Bree mène une existence de rêve. Son travail lui plaît, elle est logée dans l'élégante propriété de Jackson Beaumont. Et pour son plus grand bonheur, elle a l'impression de faire partie de la famille de son patron et de son petit garçon. Tout irait donc parfaitement bien, si Jackson n'était pas un homme aussi irascible. Jusqu'ici, elle s'accommodait de son tempérament impétueux – et le trouvait même plutôt sexy. Or, depuis que Bree a accepté de dîner avec un autre, voilà que Jackson se montre encore plus détestable… Alors qu'il ne lui a jamais manifesté le moindre intérêt, se pourrait-il qu'il soit… jaloux ?

Baisers de glace, de Carol Marinelli - N°4160

Elle est aussi pure que la neige. Lui a un cœur de glace. Face à la douce Naomi, Abe Devereux est immédiatement sur ses gardes. Pourquoi cherche-t-elle à tout prix à voir le bien en lui ? S'il est devenu un célèbre homme d'affaires de Manhattan, c'est justement parce qu'il agit sans états d'âme ni pitié. Mais contre toute attente, Abe se laisse bientôt séduire et entame une liaison avec l'innocente jeune femme. Une liaison qu'elle voudrait chaleureuse mais qu'il désire brûlante !

Une nuit avec un émir, de Susan Stephens - N°4161

LES PRINCES DU DÉSERT

Lucy a fait la rencontre d'un sublime inconnu trois mois plus tôt dans un café de King's Dock. Bouleversée par cet homme au charme ravageur, elle a cédé au désir pour une nuit de passion dans ses bras, avant de s'enfuir au matin. Comment espérer quoi que ce soit de sérieux avec cet homme habitué à fréquenter des créatures de rêve, très loin des simples étudiantes comme elle ? Sauf que cette nuit magique a eu des conséquences inattendues… Comment va réagir le puissant et richissime émir du Qalala en apprenant qu'elle est enceinte de lui ?

Mariage avec un ténébreux Grec, d'Annie West - N°4162

L'univers du luxe, Mina connaît bien. Elle est née princesse, du sang royal coule dans ses veines. Pourtant, l'île privée qu'elle découvre avec stupeur parvient à l'émouvoir. Une immense villa ultramoderne, des plages de sable blanc et à l'horizon, la majesté des eaux claires. Sans doute aurait-elle savouré cette vision paradisiaque, si elle n'avait pas été prisonnière en ces lieux ! Pour aider sa meilleure amie à échapper à un mariage arrangé avec Alexei Katsaros, Mina a en effet décidé de se faire passer pour la fiancée que le ténébreux Grec attendait…

Éprise de Domenico De Conti, de Chantelle Shaw - N°4163

Eux qui ne vivaient que de passion, ont fini par se déchirer… Jamais Sienna n'aurait dû se rendre au remariage de Domenico De Conti, son ex-mari. Bien que leur histoire se soit soldée par un douloureux échec, la tentation de revoir son bel Italien était trop forte. Alors qu'elle se fait discrète dans l'église, elle découvre avec soulagement que Nico n'est pas le marié mais le témoin. Et lorsque leurs regards se croisent, Sienna sait qu'elle est perdue. Car Nico a gardé le pouvoir de la faire chavirer de désir…

Une alliance pour Flora, de Kim Lawrence - N°4164

« Épouse-moi. » Ivo Greco est résolu à adopter son petit neveu orphelin – qui n'est autre que l'héritier de la fortune familiale. Mais pour cela, il doit absolument convaincre la tutrice de l'enfant… de jouer le rôle de sa fiancée ! Une comédie sans conséquence et qui pourrait s'avérer plaisante pour tous les deux… Si toutefois la belle Flora laisse s'exprimer le désir qu'il voit briller dans son regard !

Le retour d'un prince disparu, de Kate Hewitt - N°4165

SÉRIE : SÉDUISANTS CHEIKHS - 2/2

Alazar a retrouvé son héritier légitime ! Vingt ans après sa disparition, Azim al-Bahjat a refait surface. C'est un miracle, un moment de grâce qui réjouit tous ses sujets – ou presque. Johara, bien sûr, est heureuse que le prince soit sain et sauf, mais parce qu'ils sont promis l'un à l'autre depuis leur enfance, ce retour inattendu sonne aussi pour elle le glas de sa liberté. Déjà, elle redoute sa rencontre avec son futur époux – un homme réputé puissant, et qu'elle n'a jamais vu…

Pacte secret avec un cheikh, de Pippa Roscoe - N°4166

SÉRIE : LE CERCLE DES TROIS - 3/3

Danyl a une proposition à lui faire : si Mason accepte de l'accompagner à un gala royal, il sauvera ses terres de la faillite. Dix ans, cela fait dix ans que Mason a dit adieu au prince Danyl al-Arain, après leur rupture tragique. Aussi, c'est un choc pour elle de voir cet homme surgir dans la ferme australienne où elle s'est réfugiée. Devant l'offre de Danyl, Mason est contrainte d'accepter de renouer avec l'homme qu'elle s'est efforcée d'oublier – en vain…

Tentation à Cavendish House, de Natalie Anderson - N°4167

À chaque problème, sa solution ! Chaque jour, Ettie s'évertue à contenter les habitants de Cavendish House, du plus aimable au plus exigeant… Mais face à l'arrogant et irrésistible Leon Kariakis, le nouveau propriétaire des lieux, elle se sent soudain… désarmée. Non seulement elle a bien failli perdre sa place en s'opposant à Leon, mais surtout, elle éprouve pour lui des sentiments totalement incongrus. Il suffit qu'elle le regarde pour perdre ses moyens. Et bientôt, elle succombe à la tentation de devenir sa maîtresse…

Le fiancé de Noël, de Penny Jordan - N°4168

Tilly se résout à recourir à une agence d'escorte, sur les conseils de sa meilleure amie. Car pour assister au mariage de sa mère en Espagne, Tilly a impérativement besoin d'un cavalier, et elle ne sait à qui faire appel, elle qui se tient depuis toujours à l'écart des hommes. Mais, à sa grande surprise, l'homme qui se présente quelques jours plus tard n'est pas du tout tel qu'elle l'avait imaginé. Silas Stanway se montre froid et arrogant, et surtout, Tilly se sent profondément déstabilisée par le désir qui s'empare d'elle dès qu'elle croise son regard.

OFFRE DÉCOUVERTE !

Vous souhaitez découvrir nos collections ? Recevez **votre 1er colis gratuit* ave** **2 cadeaux surprises !** Une fois votre colis de bienvenue reçu, si vous souhaite continuer à recevoir nos livres, cela se fera automatiquement. Vous recevrez alor vos livres inédits** en avant-première.

Vous n'avez aucune obligation d'achat et cette offre est sans engagement de durée

*1 livre offert + 2 cadeaux / 2 livres offerts pour la collection Azur + 2 cadeaux.
**Les livres Ispahan, Sagas, Hors-Série, Allegria et Best Féminins sont des réédités.

☛ COCHEZ la collection choisie et renvoyez cette page au
Service Lectrices Harlequin – CS 20008 – 59718 Lille Cedex 9 – France

Collections	Références	Prix colis France* / Belgique*
❑ **AZUR**	Z9ZFA6/Z9ZF6B	6 livres par mois 28,49€ / 30,49€
❑ **BLANCHE**	B9ZFA3/B9ZF3B	3 livres par mois 23,35€ / 25,35€
❑ **LES HISTORIQUES**	H9ZFA2/H9ZF2B	2 livres par mois 16,49€ / 18,49€
❑ **ISPAHAN**	Y9ZFA3/Y9ZF3B	3 livres tous les deux mois 23,20€ / 25,20
❑ **HORS-SÉRIE**	C9ZFA4/C9ZF4B	4 livres tous les deux mois 31,65€ / 33,65
❑ **PASSIONS**	R9ZFA3/R9ZF3B	3 livres par mois 24,79€ / 26,79€
❑ **SAGAS**	N9ZFA4/N9ZF4B	4 livres tous les deux mois 35,35€ / 37,35
❑ **BLACK ROSE**	I9ZFA3/I9ZF3B	3 livres par mois 24,79€ / 26,79€
❑ **VICTORIA**	V9ZFA3/V9ZF3B	3 livres tous les deux mois 25,69€ / 27,69
❑ **ALLEGRIA**	A9ZFA2/A9ZF2B	2 livres tous les mois 16,49€ / 18,49€
❑ **BEST FÉMININS**	E9ZFA2/E9ZF2B	2 livres tous les mois 18,55€ / 20,55€
❑ **MAGNETIC**	K9ZFA4/K9ZF4B	4 livres tous les 2 mois 29,39€ / 31,39€

N° d'abonnée Harlequin (si vous en avez un) ____________

Mme ❑ Mlle ❑ Nom : ____________

Prénom : ____________ Adresse : ____________

____

Code Postal : ______ Ville : ____________

Pays : ____________ Tél. : ____________

E-mail : ____________

Date de naissance : ____________

❑ Oui, je souhaite recevoir par e-mail les offres promotionnelles des éditions Harlequin.
❑ Oui, je souhaite recevoir par e-mail les offres promotionnelles des partenaires des éditions Harlequin.

Date limite : 31 décembre 2019. Vous recevrez votre colis environ 20 jours après réception de ce bon. Offre soumise à acceptation et réservée aux personnes majeures, résidant en France métropolitaine et Belgique, dans la limite des stocks disponibles. Prix susceptibles de modification en cours d'année. Vous pouvez demander à accéder à vos données personnelles, à les rectifier ou à les effacer. Il vous suffit de nous écrire en nous indiquant vos nom, prénom et adresse à : Service Lectrices Harlequin CS 20008 59718 LILLE Cedex 9. Service Lectrices disponible du lundi au vendredi de 8h à 18h : 01 45 82 47 47 ou 33 1 45 82 47 47 pour la Belgique.

Harlequin® est une marque déposée du groupe HarperCollins France – 83/85, Bd Vincent Auriol – 75646 Paris cedex 13. SA au capital de 1 120 000€ – R.C. Paris. Siret 31867159100069/APE5811Z.

Composé et édité par HarperCollins France.

Achevé d'imprimer en octobre 2019.

CPi
BLACK PRINT

Barcelone

Dépôt légal : novembre 2019.

MIXTE
Papier issu de sources responsables
FSC® C108412

Pour limiter l'empreinte environnementale de ses livres, HarperCollins France s'engage à n'utiliser que du papier fabriqué à partir de bois provenant de forêts gérées durablement et de manière responsable.

Imprimé en Espagne.